KB042197

내 마음을 밝히는 연등

내 마음을 밝히는 연등

초판 1쇄 인쇄일 2023년 05월 11일
초판 1쇄 발행일 2023년 05월 26일

지은이 해연
펴낸이 양옥매
디자인 표지혜
마케팅 송용호
교   정 조준경

펴낸곳 도서출판 책과나무
출판등록 제2012-000376
주소 서울특별시 마포구 방울내로 79 이노빌딩 302호
대표전화 02.372.1537   팩스 02.372.1538
이메일 booknamu2007@naver.com
홈페이지 www.booknamu.com
ISBN 979-11-6752-316-7 (03810)

내 마음을 밝히는 연등

해연 · 지음

책과나무

마음을 밝히는 첫 단추는 진(眞)참회로부터

경주에서 대구로 가는 길로 넘어가다 보면 감산이라는 깊은 산골이 있습니다. 그리고 해발 500미터의 청정지대를 자랑하고 있지만 마음먹고 방문하지 않는다면 누구나 쉽게 지나칠 수도 있을 듯한 곳에 관음 도량으로 자리하고 있는 작은 암자가 있습니다.

이곳은 비구니스님께서 창건하신 곳으로서 맑고 청정하며 늘 정돈되어 있는 부처님 도량입니다. 그리고 어릴 때부터 놀이터처럼 드나들던 그곳을 저는 출가사찰로 정하여 세납 18세에 머리를 깎고 승려가 되었습니다.

이후 행자 시절을 지나 2010년 이른 봄, 사미니계(沙彌尼戒)를 받고 1년간은 경주의 산골 암자에서 수행을 하였습니다.

사실 행자 때는 앉아서 수행하고 염불하는 시절을 거치지 못합니다. 말 그대로 행자이기 때문에 최대한 '하심(下心)'하여 대중을 위해 봉양해야 하며, '염불(念佛)'을 외울 때는 개인 시간을 따로 가질 수 있는 것이 아니기에 농사를 짓거나 공양간에서 일을 하면서 틈틈이 외워야 할 뿐입니다.

　특히 저희 스님은 농사를 지으셨기 때문에 사중에는 밭일이 상당히 많았으며, 당시 불사(佛事)를 한창 이어 가던 중이었으므로 일이 끊일 새가 없었습니다. 그럼에도 제가 행복할 수 있었던 것은 진심으로 발심출가(發心出家)하였기 때문입니다.

　세상의 모진 고통을 뒤로하고 이로부터 벗어나 생사해탈(生死解脫)을 하고자 대원(大願)을 품고서 출가를 했기 때문에 비록 새벽 3시 반부터 저녁까지 이어지는 행자 생활로 인해 육체는 고단했을지언정 마음만큼은 늘 환희심(歡喜心)으로 그저 즐겁기만 하였습니다.

　봄과 여름에는 산나물을 뜯고 다듬느라 손이 시꺼멓게 변하고 가을과 겨울에는 입도 부르트고 손도 갈라지고 터져도 세간의 삶을 떠나 사는 수행자의 삶이 그렇게 행복하지 않을 수 없었습니다.

　　　　　　　　　　　　　내 마음을 밝히는 연등

물론 대중(大衆)들이 모여 살다 보면 이런저런 소리가 나기도 합니다. 서로 예민하고 이제까지 살아온 방식이 다른 사람들이 수행 하나만을 바라보고 들어왔기 때문에 부딪히는 소리들이 생겨날 수밖에 없지요.

그러나 지금에 와서 생각해 보면 제가 사회생활이나 경험이 전혀 없던 학생의 상태에서 머리를 깎았다 보니 남들에 비해 눈치도 없었고, 대중에 맞추어 살아 나가는 융통성이 부족하지 않았나 싶습니다.

더군다나 어른들께서는 일찍 출가하였다고 늘 '천연기념물'이라고 드높여 주시기도 하셨으니, 아마 같이 공부하는 분들이 보시기엔 부족한 제가 미워 보이기도 했었을 것입니다.

이후 정식 승려가 되기 위해 승가대학에서 4년 동안 공부를 하게 되었는데 실상 승가대학에 들어갈 수 있는 자격은 사미(沙彌: 남자), 사미니(沙彌尼: 여자)계를 받았을 때여야만 가능합니다. 그렇기 때문에 필수 기간을 거친 뒤 사미니계를 받고 또 절에서 여러 소임을 살다가 강원(講院)에 들어가게 되었습니다.

보통 이 계(戒)를 수지(受持)하기 전에는 갈마라는 것을 하게 되며, 신체적인 결함이나 정신적인 부분에서의 결함이 없는지 등을 전부 확인하게 됩니다. 그리고 오랫동안 행자 시절을 거쳤다 할지라도 이 과정에서 결함이 생긴다면 수계산림을 하기도 전에 쫓겨나기도 하는 등의 대소사(大小事)가 일어납니다.

분명 인천(人天)의 대도사가 되고자 하는 수행자들이 모이는 곳이기 때문에 그 어떤 곳에서도 흠이 생겨선 안 됩니다.

우리나라에는 상당히 많은 불교 종파(宗派)가 있습니다. 그중 최대 종파라고 일컬어지고 있는 대한불교조계종에서 정식승려가 되기 위해서는 4년간 도량 내에서 인내하고 대중(大衆) 소임(所任)을 살며 공부를 해야 합니다.

그리고 4급 승가고시에 합격해야만 하는데, 이때는 경장(經藏)·율장(律藏)·논장(論藏) 등을 다룬 다수의 문제들이 시험에 출제됩니다. 만약 4년 동안 잘 공부했다면 이러한 부분에서 크게 어려움이 없을 것입니다.

물론 지금은 모든 교육 과정들이 한문에서 한글화되고 있었으므로 점점 한문이 사라져 가고 있는 추세이지만, 그때 당시에는 모든 것들을 한문 원전으로 공부하면서 복합적으로 현대화 학문을 병행하였기 때문에 한문 공부는 살아가는 데 있어 제게 큰 도움이 되었습니다.

정작 세간(世間)의 공부를 하던 어린 시절에는 한문이 아닌 한글 위주로 공부를 하였고, 서당에서 사자소학(四子小學)과 명심보감(明心寶鑑) 등을 익힌 탓에 기본적인 한문만을 다루고는 있었으나 깊이 있는 공부를 하지 못했기 때문에 아쉬움이 남아 있었습니다.

반면 승가대학에서 공부해야 하는 경전들은 모두 한문으로 되어 있었으므로 매일 사전을 들여다볼 수밖에 없었습니다. 특히 경전 안에 있는 각종 난자들은 생소한 단어들이 많았기 때문에 사전을 보는 횟수가 늘어 갈 수밖에 없었고, 한 단어를 열 번 이상 찾게 되는 일이 부지기수였습니다.

이 또한 여러 번 하다 보니 익어져 갔고 능숙하진 못하더라도 자연스럽게 몸에 밴 한자들이 많이 생겨 어느덧 3년이 지나고 나서는 사전을 크게 찾지 않더라도 익숙한 경에 대해서는 술술 읽을 수 있는 단계에도 들어가게 되었습니다.

특히 원각경(圓覺經)과 능엄경(楞嚴經), 대승기신론(大乘起信論)

은 위없이 큰 보리심(菩提心)을 발하게 해 주었는데, 아직까지도 경전을 보면 말로 형용할 수 없는 환희심이 일어납니다. 또한 법화경의 내용들을 보다 보면 감격스러움에 때론 눈물이 나기도 합니다.

이 밖에도 금강경(金剛經)이나 화엄경(華嚴經) 등을 어른스님께 배워 익히게 되고, 현대 시대에 발맞춰 언어나 또 다른 공부들을 익혀 나아갔습니다.

저는 어릴 때 출가하였기 때문에 승가대학 4년의 시간을 막내로서 살았지만 늘 어른스님들과 도반스님의 자비와 아량으로 폭넓게 많은 공부들을 할 수 있었으며, 그 덕으로 비구니(比丘尼) 구족계(具足戒)를 받기 위한 승가고시 또한 무난히 합격할 수 있었습니다.

행자 시절 사미니계 수지를 하기 위해 거쳐야 하는 관문 중 하나로 5급 승가고시가 있는데, 그때는 어린 마음이어서인지 꼭 수석을 하여 은사스님께 수석의 타이틀을 붙여서 자랑하고 싶었습니다. 그렇게 부족함 없이 무엇을 해도 잘하는 중이 될 것이라는 마음으로 시험을 쳤는데, 수석은 다른 스님의 몫이 되었었지요.

내 마음을 밝히는 연등

어찌 보면 그때 못 이룬 아쉬운 부분이 있어 4급 승가고시를 공부할 때는 더욱 악착같이 공부했던 것도 있었습니다. 물론 시험뿐 아니라 면접이나 각종 의식을 통과해야 하는 부분도 있었으나 다행히 본사에서 시험을 잘 치를 수 있게끔 배려를 해 주시어 공부할 수 있는 시간 또한 가질 수 있게 되었습니다.

이처럼 어린 시절 머리를 깎은 것은 일생의 큰 전환기가 되었으며, 이로 인해 많은 것들이 긍정적으로 변화되는 계기가 되기도 하였습니다.

지금은 다소 달라졌다는 소식을 얼핏 들었지만 그때 당시에는 종단 내의 지침으로 인해 고등학교를 졸업하기 전에는 스님이 될 수 없었습니다.

빨리 출가를 하고 싶었으나 고등학교 검정고시까지 기다려야 했기에 1년 정도 출가가 늦어졌습니다.

하지만 무조건 스님이 되어 생사해탈(生死解脫)을 하고자 하는 마음만큼은 변함이 없었기에 1년 후 대입 검정고시에 합격하자마자 종이 가방 한 개 들고선 은사스님께 인사를 드리러 갔습니다.

본래 불자(佛者) 집안에서 태어났기 때문에 어릴 때부터 가깝게 접해 온 절이었지만 누구나 아무런 계기 없이 출가를 하는 것은 아닙니다. 저 또한 짧지 않은 세월 동안 인간사(人間事)의 다양한 괴로움들을 접하면서 눈물로 하루를 지새운 적도 있었고, 출구 없는 괴로움과 고통의 한가운데서 삶의 방향을 어디로 틀지 몰라 방황하던 때가 있었습니다.

그렇게 10살부터 쉴 새 없이 다가오는 고통의 그림자는 단 하루도 제 마음이 편안하게끔 내버려 두었던 적이 없었지요.

다행히 저는 본디 서당(書堂)이라는 대안학교에 다니고 있었으므로 사찰을 갈 수 있는 상황이 일반 학생들에 비해 비교적 자유로웠으며, 우연한 계기로 사찰에서 일요 가족법회를 열 때마다 주지스님의 요청으로 피아노를 치러 다녀올 수 있었습니다.

이렇게 때에 맞춰 피아노를 연주해야 하다 보니 법문(法門)을 들을 수밖에 없었는데, 난생처음 접한 주지스님의 법문은 삶의 실상에 대해 명확히 일러 주고 있었습니다. 이에 더 나아가 사람들이 고통(苦痛)을 멸(滅)할 수 있는 방법에 대해서도 세부적으로 설하여 주셨습니다.

내 마음을 밝히는 연등

이처럼 16살 우연히 접하게 된 은사스님의 법문을 듣고선 모든 응어리들이 한 번에 풀리는 듯한 느낌을 받게 되었고, 그 순간 세상의 괴로움들로부터 해방될 수 있는 길을 찾게 되었는데 그것이 바로 참회(懺悔)였습니다.

특히 중학생 시절부터 고등학교 1학년 때까지는 괴로움이 극에 달하였는데, 그럴 때마다 부처님 전에서 눈물 콧물을 쏟아 내며 참회기도를 하였습니다. 어린 날 기도하다 피곤해서 잠을 잘 때는 법당 좌복에서 새우처럼 고꾸라져 자기도 하고 다시 일어나 주지스님께서 챙겨 주시는 맛있는 과일을 먹고 기도하다 마을로 돌아가기도 했었지요.

암자에서 유일하게 챙겼던 관음재일에는 모든 공부를 뒤로한 채 일찍 절에 올라가 공양간 일을 도우며 반찬 만드는 법도 배우고 대방을 쓸고 닦았으며 부처님 품 안에서 참으로 감사한 나날들을 보낼 수 있었습니다.

그러던 어느 날 괴로움의 실상과 이치들이 육신과도 일치 되는 찰나가 생겼고, 괴로움이라 말하는 현상들은 단순히 현생에 지어 놓은 바가 아닌 과거 전생의 업장으로 인해 과보를 받게 된 것이란 사실을 기도를 통해 터득하는 순간이 찾아왔습니다. 이에 반드시 이 좋은 것들을 남들에게도 알려 주어 상구보리(上求菩提) 하화중생(下化衆生) 할 것이란 서원을 세우게 되었습니다.

지금은 환속(還俗)하여 대중들과 어울려 법사(法師)로서 사람들에게 다가가기 시작한 지도 어언 몇 년이 지나고 있습니다. 반면 오늘날은 진리를 보는 눈이 가려질 수밖에 없는 세간의 환경이 많이 조성되어 있고 들뜨고 혼잡한 이 시점에서 많은 분들이 고통 속에서 하루하루를 버티고 살아가고 있음을 알게 되었습니다.

하지만 업장이 소멸되고 한마음 청정해진 뒤 여러 가지 이분법적인 사고에서 벗어나 복덕(福德)과 지혜(智慧)를 충분히 구족하게 된다면, 하루아침에 모든 현상들에 대해 감사한 마음이 우러나오게 되고 일체 모든 것들에 대한 환희심이 일어날 수 있는 곳이 바로 이곳 사바세계입니다.

즉, 마음에 의해 내가 있는 곳이 천국도 되고 극락이 될 수도 있다는 뜻이지요. 밝지 못한 상태의 무명(無明)에 의해 세상을 바라보게 된다면 이미 눈이 흐려진 상태이므로 세상을 바라볼 때에도 색안경을 쓸 수밖에 없으니 세상이 더욱 불안정해 보이게 됩니다.

내 마음을 밝히는 연등

반면 터득한 지혜를 통해 밝음 그 자체로 세상을 관하다 보면 물질계 자체가 달리 보이는 때가 올 것입니다. 이를 바라고 기도를 하는 것은 아니지만, 하다 보면 인연에 따라 여실하게 다가오는 부분들이 있으므로 이로써 모든 분들이 괴로움에서 벗어날 수 있습니다.

무엇보다 이러한 괴로움의 근본은 삶을 지나가는 모든 순간이 언제나 항상할 것이라는 착각 속에서 생긴 사람의 오류이기 때문입니다. 우리가 지나는 이 모든 찰나는 영원 지속되지 않습니다. 상황이 아무리 좋더라도 지속되지 않으리란 것을 알아차려야 하고, 상황이 불안하게 다가오더라도 이 찰나가 영원하지 않을 것이란 진리가 자신의 의식과 일치되는 순간, 괴로움은 사라지고 없습니다.

이는 단순한 희망 고문이 아니며 삶의 진리이지만, 이를 터득하기 위함에는 반드시 인내와 고통이 따르므로 가장 합리적 방편 중 하나가 바로 참회기도가 되는 것입니다.

물론 지금의 세계가 마음 공부하기 좋은 세상이면 좋겠지만, 이처럼 무명 속 배움을 지속하기 어려운 세상을 만나게 된 것 또한 그만큼의 업보가 있기 때문이지요. 분명 과거에 일어난 들뜸의 기운에 한동안 사로잡히고 정진의 마음이 미약해짐에도 불구하고 바로잡는 순간을 놓쳤으며, 방일(放逸)하고 방탕(放蕩)하게 시절을 보냈던 것에 대한 과보(果報)라고 할 수 있겠습니다.

그렇기에 지금 이 순간 모든 괴로움에서 한순간 해방되길 바라는 것 자체가 지나친 욕심이긴 하나, 어제의 자신에 대해 참회를 하고 알게 모르게 지어 놓은 과거 전생(前生)의 업장에 대해 참회를 지속하고 이어 나간다면 더 나은 내일을 마주할 수 있는 것이 세간(世間) 출세간(出世間)의 진리입니다.

결국 모든 것은 인연법으로써 순환되고 있기에 고통이 눈앞을 가로막는다 할지라도 이 모든 괴로움의 근본 원인이 내 안에 있음을 자각하여 2차적으로 다시금 범할 수 있는 언어적 오류나 모든 행위에 대해 경계해야 합니다.

이처럼 참회를 하는 행자는 마음에 경각심을 가지고 마치 살얼음판을 걷는 듯한 마음으로 미세하게 일어나는 파동을 시시때때로 관하여 업장이 쌓이지 않게끔 노력하는 동시에, 지어 둔 바에 대한 업장소멸의 기도를 지속해야만 합니다.

이러한 시절이 여일하게 지속될 때 어느 순간 단단하게 내 안에 모습을 드러내지 않고 뭉쳐 있던 응어리가 풀리는 듯한 느낌이 들 것이며, 이 순간을 우리는 진참회가 일어난 때라고 일컫고 있습니다.

처음에는 내가 잘못한 것이 전혀 없다는 생각에 기도의 가장 기본인 '잘못했습니다.'라는 말 자체마저 입 밖으로 나오지 않고, 납득하기 어려운 것이 사실입니다. 특히 처음 듣는 진리에 대해 바로 수용할 수 있는 것 또한 습관이 배어 있지 않고선 어려운 일이지요.

반면 오랫동안 법을 듣고 이근(耳根)에 익혀 지나가는 세월이 길어지면 그만큼 훈습(薰習)되기에 진리에 조금씩 가까워집니다. 제가 이근에 스쳐 훈습된 습관에 대해 이야기를 드렸기 때문에 이에 대해 조금 더 말씀을 드리자면 우리네의 육근(六根), 즉 눈(眼)·귀(耳)·코(鼻)·혀(舌)·몸(身)·뜻(意)은 늘 신중하고 조심하게 다루어야 합니다.

결국 습관은 여러 가지 업들을 파생시키므로 설령 한 번 보거나 행하거나 맛본 것 또한 그만큼의 습(習)이 배게 됩니다. 그리고 이 업이 굉장히 무섭다고 하는 것입니다.

이에 따라 되도록 늘 좋은 것만을 보도록 애써야 하며 삿된 것이 있다면 멀리하고 자기 자신을 잘 다스려 육근의 노예가 되지 않고 주체적인 삶을 살 수 있어야 합니다.

일반적으로 저를 처음 접하신 많은 분들은 대개 표면적 괴로움과 내적 고통을 동시 수반하며 오신 분들이 많으시고, 이러한 부분에서 벗어나고자 하는 마음의 갈구심이 크신 분들이 대부분입니다.

그리고 이미 괴로움의 끝을 자각함과 동시에 방편을 듣기 위해 오시는 분들이 많으시니 필요한 분들에 한해서는 참회기도에 대해 일러 드리고는 합니다.

참회기도가 고통을 다스리는 데에 있어 좋은 약이란 것은 사실이지만, 이를 받아들일 수 있는 그릇이 없는 상태에선 아무리 오랫동안 알려 드려도 받아들이는 데에 분명 한계가 있기에 모두에게 이야기를 해 드리고 있지는 않습니다.

그러나 이근(耳根)의 공덕이 분명히 있기에 강요가 아닌 스치는 공덕으로써 참회기도에 대해 알려 드리기도 합니다.

보통 신도님이나 내담자분들을 대하다 보면 영적으로 집중을 일으키거나 저절로 알게 되는 순간들이 있으며, 이를 통해 필요한 분들께는 괴로움의 원인과 현실적으로 행할 수 있는 최소한의 방편에 대해 일러 드리는 것이 당연합니다.

그러나 원초적 측면에서 보면 지금 이 순간 당장의 괴로움을 지니고 계신 분들에게만 참회기도가 해당되는 것이 아니라 현재를 잘 사는 사람들 또한 지금의 시기를 벗어나거나 다음 생 혹은 후내생(後來生)이라도 받아야 하는 업보가 있는 경우가 종종 있습니다. 그러므로 빠르게 흘러가는 현실 속에서도 이를 간과하지 않아야 합니다.

그렇기에 늘 정진여일 해 주실 것을 당부드리고 또 다 함께 괴로움을 여의고 일체 만물에 평화를 전달해 줄 수 있는 힘을 갖추시길 바라는 작은 염원에서 이번 책을 쓰게 되었습니다.

이전 저서인《지금 이 순간 당신이 가장 소중합니다》와는 달리, 이번에 쓰게 된 책은 현실적인 부분을 중점적으로 다룸과 동시에 살면서 우리가 망각하지 않아야 하는 마음자리, 그리고 세간 활용법에 대해 조금씩 논하며 쉽게 풀이하였습니다.

특히 《지금 이 순간 당신이 가장 소중합니다》는 승려로서 매일 농사짓고 염불하고 수행하는 내내 어떠한 번뇌 없이 지속되는 일상 속에서 이어 나간 책이지만, 이번 책은 늘 번뇌와 괴로움에 계시는 분들을 매일 접하면서 꼭 일러 드려야겠다는 부분만을 추려 낸 것이기 때문에 책의 방향성이 다릅니다.

그럼에도 불구하고 《내 마음을 밝히는 연등》은 언제나 맑고 성성함 그 자체로 존재하는 많은 분들의 자성을 밝히는 데에 충분히 그 역할을 할 것이라 사료되는 바입니다. 이처럼 내 마음을 밝히기 위해서는 이미 응어리로 뭉쳐 있는 탁한 기운들과 업장들이 기도와 수행으로 인해 승화되어야 합니다.

예전에 오조(五祖) 홍인(弘忍) 대사의 제자로 신수스님과 육조(六祖) 혜능대사가 계셨습니다. 물론 수없이 많은 제자들이 아래에 있었지만 그중에서도 신수스님은 가장 으뜸 되는 제자로 자리를 잡고 있었습니다.

그러다 어느 날 홍인대사께서는 모든 제자들을 불러 놓고 세상의 이치에 대해 설하셨으나 아무도 생사해탈(生死解脫)을 위한 노력을 하지 않는다고 경책(警責)을 하시며 각자 잘 참구(參究)해서 게송을 하나씩 지어 오라고 하셨지요. 그중에서 깨달은 제자가 있다면 그 제자에게 법과 가사를 물려주신다고 하셨고, 이내 신수스님께서 게송을 지어 벽에 붙이게 되었다고 합니다. 그 게송은 이러하였습니다.

> 신시보리수　　몸은 보리의 나무요
> 심여명경대　　마음은 밝은 거울 받침대와 같으니
> 시시근불식　　때때로 부지런히 털고 닦아
> 막사약진애　　가벼운 티끌도 끼지 않게 하라.

이처럼 신수스님은 부지런히 닦고 또 닦아야 함을 강조하였으나, 혜능대사는 이 게송에 반하여 본디 마음이란 닦음 그 상태이니 닦을 것이 없다는 게송을 읊었습니다. 육조 혜능 대사의 게송은 번역마다 다르긴 하지만, 한자 그대로 직역하여 풀면 이와 같습니다.

> 심시보리수　　마음은 보리의 나무요.
> 신위명경대　　몸은 밝은 거울 받침대이니라.
> 명경본청정　　밝은 거울 본래 깨끗할진대
> 하처염진애　　어느 곳에 티끌이 묻겠는가.

이에 오조 홍인대사는 게송을 보시고는 대중들 앞에서는 신수스님을 따르는 무리에 의한 분란을 예상하시어 아직 혜능대사의 깨달음이 멀었다고 이야기를 하셨으나 따로 혜능 대사를 불러 법과 함께 의발(衣鉢)을 전해 주셨습니다.

이 말씀을 드리는 이유는 지금의 시대가 공부를 하는 이들이 삿된 도를 멀리하고 더욱 부지런히 또 근접하게 배워야 하는 법의 시절인연을 마주하고 있기 때문입니다. 즉, 신수스님의 게송이 이 시대에 필요한 시기가 되었기에 부지런히 움직여야 합니다.

또한 오조 홍인대사께서 혜능스님께 전해 드린 법은 돈오(頓悟), 즉 점진적으로 거쳐 가는 부분이 없이 단박에 깨달은 법입니다. 점차적으로 닦고 또 닦아 나아가는 점오(漸悟)와는 상반된 부분이기도 하지요.

반면 지금은 참된 어른들이 많이 가시고 갖가지 삿된 법들이 세간에 돌고 있기에 종종 사람들이 미혹함에 빠지고 있는 실정입니다. 그리고 미혹에 가려진 삿된 도는 사람들을 홀리고 있는데 사람들 가운데에서 이러한 인연이 엷게라도 있고, 한 번이라도 듣게 된다면 사도를 정법이라 여기어 세간 속에서도 현혹되는 경우가 빈번하게 있으니 참으로 가슴 아픈 일입니다.

내 마음을 밝히는 연등

그리고 이 시대에 태어나게 된 것 또한 전날의 세속적 행복에 방일(放逸)했던 때의 과보(果報)라 할 수 있으니 그만큼 부지런히 닦고 또 닦아야만 참된 불성(佛性)을 마주할 수 있을 것입니다.

여전히 부족함이 많은 책이지만 인연 되시는 모든 분들께서 이를 통해 남아 있는 모든 생을 청정하게 돌이킬 수 있는 방편을 얻어 늘 평안 안락하시기만을 발원하고, 일체 모든 중생이 열반(涅槃) 언덕에 가는 그날을 기리며 이 책을 씁니다.

2023년 5월
부처님 오신날을 앞두고
해연

목차

1
·

삶의 이치와
괴로움의 실상

1

세상의 이치와 실상

생(生)을 바라보는 관점이 제각각 다르기에 어떤 분들은 이 세상이 굉장히 불공평하다고 여기시기도 하겠지만, 실상 우리가 살아가고 있는 이 세계는 굉장히 명확하고 양명하며 깨끗하고 투명합니다. 그러다 보니 한 치의 어긋남도 없으며 공평하거나 불공평하지 않은 것이 없고, 오로지 인연(因緣)의 법칙(法則)대로 움직이고 있습니다.

적어도 내가 길을 지나가는 사람을 괴롭히게 되었을 때 그 과보를 바로 받고, 땅에 사과 씨앗을 심으면 그 자리에 배가 나는 것이 아니라 사과가 나는 것을 보면서 그 이치에 대해 명확하게

내 마음을 밝히는 연등

판단할 수 있습니다.

　얼마 전 겨울이 지나 봄의 농사를 맞이하려는 때에 아는 스님의 토굴을 잠시 방문한 적이 있습니다. 오랜 세월 동안 대중들을 거느리며 주지 소임을 사시다가 토굴로 나오신 지는 그리 오래되지 않으셨습니다.

　하지만 홀로 토굴 수행하시는 모습을 뵈며 마음속에서는 몽글몽글 환희심이 일어났지요. 대중을 떠나 계시다 보니 홀로 하실 수 있는 부분에 대해서는 능숙하게 무엇이든 하시곤 했는데 대방의 한편에 자리 잡고 있는 나무를 보고 신기해하던 찰나, 여쭙기도 전에 스님께서는 말씀해 주셨습니다. 과일을 드시고 그저 씨앗을 흙 속에 묻었는데 나무가 저렇게 커졌다고 하셨습니다.

　고작 씨앗 하나에서 저렇게 큰 나무가 자라난 것을 보니 여러 공부들이 찰나에 스쳐 지나갑니다. 과일 씨앗 뿌린 곳에 때가 되어 물을 주고 햇볕을 보여 주니 이렇게 나무가 됩니다. 물론 물도 주지 않고 햇볕도 볼 수 없었다면 그 씨앗은 나무가 될 수 없었을 것입니다.

　이처럼 모든 삼라만상(森羅萬象)의 이치는 하나로 돌아가니 인연법에 어긋난 진리란 존재하지 않습니다. 그리고 이러한 진리를 온전히 받아들이고 내 삶에 접목시키기 시작할 때 조금씩 나 자신을 변화시키고 괴로움에서 벗어날 수 있는 나만의 방편을 스스로 터득할 수 있게 됩니다.

가까이로는 사람의 몸을 예로 들 수 있는데, 각자의 몸을 자세히 들여다보았을 때 사람마다 취약한 부분이 한 군데 정도는 존재하기 마련이지요. 의학적으로 이렇다 할 수 있는 질환이나 질병이 아직까지는 발견되지 않았다 할지라도 가족력에 의해 취약한 부분이 있을 수도 있습니다.

혹은 내가 기억하지 못하는 과거에 잘 다스리지 못한 업보로 인하여 이미 병이 발생할 수 있는 환경 자체는 이미 조성 되어 있으며 발병의 조건마저 형성될 찰나에 시절인연마저 동일하게 다가왔을 때는 '질병'이라는 인연을 마주할 수 있습니다.

그래서 이미 나에게 취약한 부분이 있다면 이를 그저 간과할 것만이 아니라 병이 되지 않게끔 하려면 조건을 충족시켜 주지 않아야 하며, 이는 끝없는 인내와 고행을 동반하게 됩니다.

혹은 항상 남에게 이야기하기를 좋아하는 사람이 있습니다.

내 마음을 밝히는 연등

후천적인 습관도 있겠지만 이는 선천적인 기질도 함께 동행되는 것입니다. 고치려고 해도 잘 고쳐지지 않는 것이 이미 내가 타고 날 때부터 들고 들어온 습기(習氣)입니다.

반면 말을 많이 하면 이에 따른 고통이 늘 수반됩니다. 그렇기에 늘 입을 무겁게 하는 습기가 몸에 밸 수 있게끔 하고 남에게 이야기하길 즐겨하지 않아야 합니다. 가볍게 움직이는 입에 의해서 자칫 나 자신에게 들어오는 좋은 기운을 막을 수 있기 때문입니다. 이처럼 우리는 각자에게 취약한 부분이 저마다 있게 마련이며, 늘 개선시켜 나아가고 인내해야 하는 존재입니다.

결국 현시대를 살아가고 있는 모든 사람들이 바로 수행자라 할 수 있는데, 저마다의 고통을 감내하고 있으며 때로는 내가 내려놓아야 하는 순간을 알아차려 더 큰 욕심을 부리지 않고 늘 고행하며 살아가기 때문입니다.

세간에 드러나 있는 모든 형상은 그저 형상에 불과할 뿐이기에 각자가 스스로를 늘 '닦음을 행하는 자'라 인식하고 살아간다면 보다 향상된 삶을 향해 나아가는 속도도 현저하게 빨라지게 됩니다.

'사과 씨앗 심은 곳에서는 배가 자라지 않으며, 씨가 떨어졌다 해서 모두 나무가 되는 것은 아니다. 나무가 될 수 있는 물과 바람, 햇빛과 양분 모든 조건들이 충족되었을 때 나무라는 결정체가 모습을 드러낼 수 있다.'

2

인간사 괴로움의 이유

괴로움이란 우리가 인지하고 있는 그 이상으로 굉장히 가깝게 일상 속에 도사리고 있습니다. 분명 나에게는 저 물건을 살 능력이 없는데 내가 지어 놓은 마음의 업습(業習)으로 인해 저 물건이 가지고 싶다면 그 마음은 무엇이겠습니까?

이 또한 괴로움이며, 사랑하는 사람이 떠날 수밖에 없는 상황에 내가 함께할 수 없다면 이 또한 괴로움이 됩니다. 이처럼 매순간 찰나 찰나마다 이어지는 것이 바로 괴로움인 것입니다.

불교에서는 이 세계를 사바세계라고 이야기하고 있습니다. 사바세계는 참지 않고서는 살아갈 수 없는 세계이며 그만큼 늘 참아야 하는 찰나(刹那)만이 가득한 세계라 이야기할 수 있습니다.

그러나 중생은 끝없이 원하는 바가 있고 원하는 대로 현실이 도출되지 않으면 이를 이겨 내지 못하고 화를 내거나 2차적인 오류를 범함으로써 남과 적이 됩니다. 이로써 파생된 또 다른 과보를 받으면서 괴로움에서 벗어나는 것을 기약하기란 더욱 어려워집니다.

흔히 사람들은 괴로움의 반대는 행복이라고 이야기하는데, 사실 '반대'라는 말 자체도 근본과는 어긋나 있습니다. 본질적으로 살펴보면 행복은 따로 존재하는 것이 아니기 때문입니다.

예를 들어 밝음이 없는 상태를 우리는 무명이라 이야기하며, 밝음이 있는 상태는 광명 그 자체입니다. 늘 밝고 어두움, 크고 작음, 길고 짧음 등의 이분법적으로 나누는 습관들로 인해 본질에서 10만 8천 리 떨어질 수밖에 없을 뿐입니다. 이러한 이치로 살펴본다면, 고통이 멸하면 이를 단순하게 행복이라 일컬을 수 있습니다.

어떠한 순간에도 걸림이 없고 마음은 늘 한결같이 밝고 명료

하며 판단을 할 때에 머뭇거림이 전혀 없고 결정에도 늘 탁월해지며 이로 인해 모든 결과들에 불평할 바가 전혀 없는 적적하고 여여한 그 상태를 행복이라 이름 짓게 됩니다.

따로 행복해지기 위해 무언가를 행한다는 것은 도리어 현상계의 모순적 오류에 빠지는 것입니다. 근본적으로 괴로움이 사라진다면 행복은 그대로 현전한다는 사실을 가슴 깊이 깨닫게 되고 스스로 위없는 환희심을 체득할 수 있는 날이 옵니다.

그러나 모든 사람들이 이러한 이치를 한번 들었다고 하여 바로 알아차리기는 어렵습니다. 간단한 예로, 우리가 앉아 있고 서 있는 이 모든 공간이 허공이긴 하나 인위적으로 벽으로 가로질러 막았기 때문에 허공임을 알아차리지 못하는 것처럼 말이지요.

보이는 현상계의 익숙함에 인체의 모든 감각기관들이 편해지다 보니 진리를 향해 눈을 뜨는 것에 다소 방일해지는 것이 당연합니다.

하지만 괴로움에서 근본적으로 벗어나고자 한다면 일어나고 사라지는 모든 찰나에 대해 깊이 관할 수 있어야 하나 습관이 배어 있지 않기 때문에 어렵게 느껴질 수도 있습니다. 그러니 시시때때로 알아차려 마치 숨을 쉬는 것과 같이 되어야 합니다.

이렇듯 관하는 의심의 덩어리가 내 몸과 하나가 되었을 때 지금에 비해 모든 결정에서 자유로워지고 드러나는 결과에 대해 불평하지 않으며, 더 나아가 마주하는 모든 인연이 원만해지는 때를 마주할 수 있습니다.

반면 이와 같이 되기 위해서는 복합적으로 병행해야 하는 부분이 반드시 있습니다. 바로 '업(業)' 소멸의 기도입니다.

우리가 실제로 괴롭다고 여기는 것은 나와 맞지 않는 데서부터 시작합니다. 그러나 나에게 이러한 일들이 도대체 어째서 왜 오는 것인지에 대해 한 번쯤 생각을 해 보셨습니까?

우리는 주변 환경이 내 위주로 돌아가지 않을 때, 내가 수없이 많은 노력을 기울인 것에 대해서만 생각을 하게 됩니다. 그리고 그만큼의 결과나 보상이 따라 주지 않을 때에는 자책을 하게 되거나 누군가를 원망하게 되며 남 탓이라는 것을 하게 됩니다.

모든 사람들이 범하게 되는 가장 기본적인 습관 중 하나가 현상 속에서 일어나는 일들에 대해 온전히 받아들이지 않는 것입니다.

그리고 모든 것들이 잡다하게 얽혀 있는 사바세계에서는 이로 인해 또 다른 업이 지어지게 되고, 이러한 과보를 또다시 받게 되는 이른바 윤회(輪廻)라는 것을 계속하게 될 수밖에 없습니다.

설령 한 마음 억울한 생각이 들어 원망심이나 분심을 일으켰다 할지라도 이 마음은 업의 세계에서 굉장히 강하게 작용하기 때문에 함부로 내어서도 안 되지만, 한번 낸 마음에 대해서는 그 순간 즉시 참회를 하거나 기도를 통해 돌이킬 필요가 있습니다.

또한 '신(身)·구(口)·의(意)' 삼업(三業)을 조심해야 하는 이유 중 하나는 자신에게 굉장히 좋은 운기가 들어오는 때에는 크게 느끼지 못할 수 있으나 침체되는 시절인연에 부딪혔을 때 그 고통의 깊이가 심화되기 때문입니다.

저는 모든 분들에게 필연적으로 거쳐야 하는 과보가 있다면 반드시 거쳐야 한다고 누누이 말씀을 드리고는 하지만 누구나 고통의 100%를 감당해 낼 필요는 없습니다.

누구든지 간절하게 참회를 하고 기도하다 보면 녹이지 못하는 업장이 없기 때문입니다. 즉, 내가 받아야 하는 과보에 대해서는 이를 감당하되 고통의 크기를 최소화시키고, 기도로 승화시킴으로써 나만의 방편을 통해 현상계의 고통을 빠르게 해소시킬 수 있습니다.

위와 같이 일상을 지속해 나아갈 수 있다면, 우리는 괴로움이 현전하지만 이를 풀 수 있는 지혜가 있으므로 결국 고통이 없는 상태에 도달하게 됩니다.

결론적으로 내가 알지 못하는 과거와 그 전생에 심어 놓은 원인이 있기 때문에 그 원인에 대한 결과를 지금 마주하는 것일 뿐이므로 일일이 감정적인 대응을 해 나갈 필요가 없습니다. 그러나 때로는 이에 따른 결과가 현생이 아닌 내생까지 이어지는 경우도 있지요.

혹은 여러 가지 인연법에 의해 후내생(後來生)까지 그 인연이 이어지기도 합니다. 단지 우리는 이를 기억하지 못하고 무지하여 망각했을 뿐입니다.

예를 들어 1년 전에 어떤 사람이 타인의 지갑을 훔쳤다고 가정해 봅시다. 타인의 지갑을 훔치고 돈을 가져가서 내가 그 돈을

쓰기는 했으나, 지갑(물질)의 필요성을 느꼈기 때문에 타인의 지갑을 그대로 쓴다고 가정했을 때 추후 본래 지갑의 주인이 나타나 나에게 화를 낸다면 어떻게 대응할 것입니까?

1년 전의 일이기 때문에 이미 망각하신 분들도 계실 것이고 기억하고 계시는 분들도 계실 것입니다. 그렇기에 내가 기억이 나지 않는다면 본래 지갑의 주인이 다가와 지갑과 돈을 내놓으라고 소리칠 때 도리어 내가 지난 과거에 지은 죄업에 대해 알지 못한 채 더 큰 소리를 내게 될 것입니다.

더군다나 본래의 지갑 주인이 악착스럽게 지갑을 돌려 달라고 자신에게 붙어 일상을 유지하기 힘들 정도로 괴롭힌다면, 내 과거의 잘못을 기억해 내지 못하므로 도리어 이 일에 대해 괴롭다고만 생각할 것입니다.

그렇기에 역으로 본래의 지갑 주인을 고소하게 되거나 상황을 더욱 악화시키는 쪽으로 가게 되겠지요. 이처럼 모든 상황이 원만하지 않거나 원하는 방향대로 흘러가지 않을 때, 이를 우리는 고통이라 부릅니다.

그러나 무지의 상태 속에서 내가 지니고 있는 업의 '습(習)'으로 모든 상황을 대처해 나가게 된다면 내 '업(業)'에 더 큰 짐만을 가중시킬 뿐입니다.

반면 그 사실을 마음속에 두고 1년간 기억하고 있는 상태로 있었다면 주인이 돌려 달라고 이야기했을 때 '잘못했습니다.' 참회하고 돌려주게 될 것입니다. 그리고 이 모든 것들이 안정적으로 제자리를 찾게 되었을 때는 업장이 소멸되어 더 이상 남은 것이 없는 상태라 이야기할 수 있습니다.

이처럼 지금 내 주변에서 일어나고 있는 상황이 억울하고 내 뜻대로 돌아가지 않아 불안과 불평이 가득 찬다고 할지라도 실제 모든 일에는 내가 기억하지 못하는 원인이 있음을 자각해야 합니다. 자각되지 않는다면 이치와 실상을 바로 파악하고자 노력해야 합니다.

제가 누누이 많은 분들에게 참회기도를 알려 드리는 이유 중 하나는 아무것도 모르는 상태에서 그저 모르지만 참회기도를 하다 보면 어느 순간 눈물 콧물이 솟아나고 내가 잘못한 것이 있음을 알게 되는 때가 생기기 때문입니다.

의식(意識)은 이를 따라올 수 없지만, 이미 오랫동안 훈습되어

있던 업의 덩어리가 이를 알아차려 바로 반응을 해 버리기 때문
이지요.

물론 괴로움에서 느낄 수 있는 인간의 고통은 말로 형용할 수
없을 정도이지만, 한마음 깨달아 정진해 나아가다 보면 '이와 같
이 행복하고 적적안락할 수도 있는 것인가!' 하는 환희와 함께 감
격이 온몸을 감싸는 때가 도래할 것입니다. 그리고 동시에 우주
의 모든 만물에게 자비와 평화로움이 가득 찬 일상을 마주할 수
있습니다.

3

고통에서 벗어나는 방법

앞서 여러 가지 이치에 대해 간략히 설명드렸으며, 우리가 괴로움을 겪을 수밖에 없는 가장 근본적인 부분에 대해 이야기드렸습니다.

반면 모든 사람들에게 적용되는 바가 미세하게 다르기는 하나, 고통에서 벗어날 수 있는 방안은 누구에게나 있습니다. 먼저 우리가 고통에서 벗어나려면 일어나는 현상계의 실상에 대해 온전히 받아들여야 합니다.

이를 받아들이지 못하고서 그저 고통에서 벗어나고 싶다는 갈

내 마음을 밝히는 연등

망만 앞세운다면 이는 욕심에 불과합니다. 고통에서 진정으로 벗어나고 싶다면 고통이 오는 근본적인 시작점을 먼저 찾는 행위가 1순위가 되어야 합니다.

그리고 그 근본적인 원인은 인간이 가지고 있는 가장 원초적인 성질에 근거한다는 사실을 알 수 있는데 모든 고통은 탐(貪)·진(瞋)·치(痴) 삼독(三毒)으로 인해 파생되며, 탐하는 마음과 화내는 마음 그리고 어리석은 마음으로 인해 고통이 생성되고 멸하게 됩니다.

그러나 이러한 마음이 일어나는 것조차 실상을 자세히 살펴보면, 무지함과 미혹함으로 대상과 현상을 객관화시키지 못했기에 익숙함에서 재차 반복되는 오류에서 온 것들임에 불과했다는 것을 알 수 있습니다.

예를 들어 분명히 나보다 늦게 들어온 직장 내의 사람이 있는데 그 사람이 나보다 빨리 진급하게 된다면 마음이 상할 수 있습니다. 하루하루 열심히 일을 하지만 일할 힘도 생기지 않고 도리어 인상을 찌푸리게 되고 불평이 마음속에 가득 차게 되지요.

하지만 상대의 입장에서 들여다보았을 때 그 상대 또한 자신과 마찬가지로 오랫동안 업무에 공을 들여왔으며 노력을 기울였다는 사실을 알 수 있습니다.

그리고 이 세상은 단순히 지금 이 현상만을 바라보고 결과를 예측할 수 없는 세상이기에 내가 아무리 현생에 선업(善業)을 열심히 쌓는다고는 하나, 이미 상대방이 지어 놓은 과거 전생의 선업(善業)에 대한 과보가 미치는 때가 현생(現生)의 지금 시점이라고 한다면 당장은 상대방이 잘되는 것이 당연합니다.

우리가 여러 가지 선업을 쌓게 된다면, 현생에 즉각적으로 과보가 드러나는 때가 있으나 사람에 따라 기질에 의해 내생(來生) 혹은 후내생(後來生)으로 미뤄지는 경우도 있지요.

현생에 그 과보를 받기 적절한 시기가 아니라면 도리어 더 나은 상황을 도출해 내기 위해 여러 가지 도움의 인연(因緣)들은 그 과보가 이후에 발현(發現)될 수 있게끔 순환시켜 내기도 한다는 것입니다.

모든 것은 인연법, 즉 연기법에 의해 생성되고 소멸되며 현상계의 일어나고 멸하는 모든 일들은 이 속에서 반복되며 순환됩니다.

내 마음을 밝히는 연등

그렇기에 무조건 '이것이다!'라고 지정할 만한 것이 없으며, 만일 '이것이다!'라고 지정되는 것이 있다면 도리어 그것은 인과법(因果法)을 거스르는 것이기 때문에 사도이며 외도가 됩니다.

결국 우리가 눈으로 볼 수 있는 모든 현상계의 일들은 불과 1%에 지나지 않습니다. 눈에 보이지 않는 상태에서 돌아가는 것들이 훨씬 많기 때문에 굳이 답이 없는 정답을 지정하여 스스로를 가두어 괴로움을 자처할 필요가 없습니다.

그렇기 때문에 괴로움에서 벗어나고 싶다면 이러한 실상에 대해 우선 알아차려야 하고 실상에 대해 충분히 체감한 상태에서는 다스리는 방법에 대해 알아야 하는데, 이러한 부분을 다스림에도 근기와 기질에 따라 달리 적용됩니다.

사람에 따라 근기 차이가 있고 수행법이 다른데 가장 좋은 뛰어난 기도 방편은 나 자신과 가장 맞는 방법입니다. 아울러 간절히 이를 반복하여 찰나에 기도가 성취된다면 만사가 수월해집니다.

세상에 수많은 사람들이 존재하지만 동일한 사람은 단 한 명도 없습니다. 아무리 한 몸에서 태어난 쌍둥이라 할지라도 각각을 들여다보면 저마다의 다른 특성과 기질들을 지니고 있단 사실을 확인해 볼 수 있지요.

물론 사바세계에 태어남 그 자체만으로도 동업(同業)이 있기 때문에 같은 공간 같은 하늘 아래 같은 시절 속에 살고 있으므로 공통적으로 적용되는 방안이 있긴 합니다. 그러나 되도록 나 자신에게 가장 맞는 방안을 적용시켰을 때, 이에 따른 과보가 현전하는 속도는 현저하게 빨라집니다.

부산에서 서울까지 갈 때 무궁화호를 타면 5시간 이상이 걸리지만 KTX를 이용하면 2시간이 조금 넘게 걸립니다. 비행기를 타면 1시간이 조금 넘게 소요되지요.

이렇듯 나에게 가장 적합한 방식을 알고 적용하였을 때는 굳이 시간 낭비를 하지 않고 군더더기 없이 빠르게 업장을 소멸시키고 밝음을 유지하여 괴로움에서 벗어날 수 있게 되는 길의 초석이 마련되기 때문에 무궁화호가 아닌 비행기를 타고 가는 셈이 됩니다.

물론 그중에는 필연적인 인연에 의해 비행기조차 탈 수 없는 사람도 있습니다. 즉, 비행기를 탈 수 있는 지혜는 있는데 이를 지불할 수 있는 금전, 즉 복(福)이 없는 경우가 존재한다는 것입니다.

이러한 경우라면 다소 느리더라도 무궁화호를 타는 방향으로 나아갈 수도 있으며, 금전을 더 얻는 행위, 즉 복을 지음으로 인해 비행기를 타 볼 수도 있는 것입니다.

아울러 무궁화호를 타게 되면 기나긴 여정 시간이 있기에 그 사이 마장이나 장애들이 생길 수 있으므로 이를 시시때때로 다스릴 줄도 알아야 합니다.

이렇듯 지혜가 있지만 복이 부족하고, 복은 있으나 지혜가 부족한 경우도 있으니 복과 지혜는 따로 존재하는 것이 아니라 삶을 살아가는 데에 있어 늘 함께하는 동반자입니다. 그리고 이를 통해 각자 맞는 방식으로 고통을 조금씩 멸해 가는 방안을 모색해야 합니다.

4

분심(憤心)의 실체

고통에서 벗어나기 위해 가장 기본적으로 갖추어야 하는 부분에 대해 간략히 말씀을 드렸습니다. 그리고 당장은 무엇이든 다이루어질 것처럼 보이지만 현실을 바라다보면 어디서부터 시작해야 할지 모르기에 막막해질 수도 있습니다.

그리고 여기서 가장 표면적으로 잘 드러나는 고통의 원인과 결과가 바로 '화'라고 하는 분심입니다. 보통 분심이라고 지칭되는 화는 어두움의 상태에서 가장 잘 일어나는 사람의 기본적 감정 표출 방편입니다.

내 마음을 밝히는 연등

즉, 밝은 마음이 아닌 상태에서 일어나는 것이므로 화를 내지 않기 위해서는 마음의 밝음을 유지하는 것이 중요합니다. 어두움과 밝음은 따로 있는 것이 아니라 밝음이 없는 그 상태를 무명, 즉 어두움이라고 하기 때문에 밝음이 항상한다면 어두움은 본래 없다고 할 수 있습니다.

그리고 이를 현상에 대조하여 보았을 때, 화를 내서 상황이 더욱 좋게 풀려 가는 경우를 보신 적이 있으십니까? 좋은 말로 타인을 타이르는 것만으로도 좋은 결과를 바라기 참으로 어려운 세상인데, 화마저 내게 되면 2차적인 문제들만 더욱 파생되겠지요.

이처럼 이로운 부분이 전혀 없는 것이 '화'라는 존재이므로 가능한 화를 내지 않는 것이 좋겠지만 분심(憤心)은 나도 모르는 사이 반사적으로 나와 버리는 것이어서 '화를 내지 말아야지!' 하는 찰나에 이미 나와 버리고 맙니다.

결론적으로 이제까지 지어 놓은 습관에 의해 행동이 이어지게 된 상태이므로 분노심 또한 습이라고 할 수 있습니다. 그렇기에 더 이상의 업을 짓지 않기 위해서는 화가 일어난 순간 '화'라는 감정이 일어났음을 알아차리는 것이 중요합니다. 즉각적으로 알아차리는 사이, 이는 더 이상의 업(業) 인연을 이어 나가지 않고 멈추기 때문입니다.

이러한 감정을 가지지 말아야지 하고 생각한다면 그 압박과
강박의 연을 맺어 나가게 되는 것이므로 이 또한 업의 연이 되고
망상으로 변질됩니다. 그래서 순간을 알아차리는 것은 고통과 괴
로움을 다스리는 데에 있어 가장 필요한 부분이기도 하며, 분심
하나로 이후의 상황에 대해서도 판단력이 흐려지게 되므로 가급
적 알아차림의 연습의 필요할 뿐입니다.

이처럼 무엇이든 내가 이제까지 편하게 했었던 습관대로 유지
하고자 하는 성질이 강하기 때문에 마음 연습을 하기란 어렵습니
다. 그러나 마음을 연습한다는 것은 그만큼 내가 이고 지고 나온
내 습관을 변화시킨다는 것을 의미합니다. 또한 일종의 훈련이기
때문에 노력이 반드시 필요한 부분입니다.

비록 이번 세상은 내가 과거 전생에 지어 놓은 바를 그대로 과
보로 받는 것이기도 하지만, 앞으로 남아 있는 생들과 내생만큼
은 내가 정하고 싶다면 이러한 마음 연습은 굉장히 긍정적인 역
할을 할 것입니다.

이와 같이 짧은 찰나에 일어나는 일시적인 일로써 내가 오랫

내 마음을 밝히는 연등

동안 인연을 맺고 있는 많은 사람들에게 괴로움을 가중시키고 있는 것은 아닌지에 대해서 한번 되돌아볼 필요도 있습니다.

자기 자신의 수행을 위해서도 분명 다스려야 하지만, 한순간의 분심으로 과연 내가 사랑하는 사람들에게 상처를 입힌 것은 아닌지에 대해 한 번쯤 더 생각해 본다면, 더 이상 일어나게 되는 2차적인 오류만큼은 피할 수 있습니다.

5

중생의 근기(根器)가 다른 이유

분심 또한 잘 활용하게 되면 수행(修行)으로 돌릴 수 있다는 말씀을 전달드렸습니다. 실제 수행을 하다 보면 분심이 필요한 경우가 있으며, 약이 되는 경우도 있습니다. 이러한 분심이 내 수행의 길잡이이자 환한 등불이 되어 좋은 방향으로 잘 이끌어 주는 스승이 되기도 합니다.

단지 모든 사람들이 처음부터 완벽할 수 없기 때문에 닦아 나아가는 과정에도 그 단계가 나뉘어지게 되는데 근기에 따른 수행이 중요한 이유는 너무 무리하게 나아가서도, 촉박하게 나아가서도, 그렇다고 너무 느슨해서도 안 되기 때문입니다. 결국 세상을 살아가고 이치에 대해 면밀하게 파악하게 된다면 '중도(中道)'가 닦음에 있어 상당히 중요하다는 것을 알아차릴 수 있습니다.

거문고의 줄이 너무 느슨하면 소리가 잘 나지 않지만, 줄이 너무 팽팽하여도 소리가 아름답지 못하며 끊어지기까지 합니다. 저 또한 줄이 있는 가야금과 기타를 다루고 있는데, 습기(濕氣)가 있으면 느슨한 상태의 줄이 습에 익숙해져 버리고 환경을 변화시켜 놓으면 건조함에 익숙해지다 보니 그 사이의 적정한 중도를 유지하는 것이 가장 어렵지만 가장 지혜로운 것임을 알 수 있었습니다.

세상 모든 만물들을 통해 얻지 못하는 공부란 없습니다. 그저 앉아 있다고 해서 모두 공부가 되는 것이 아니며, 지금처럼 혼란의 시대를 겪고 있는 시절인연 속에서는 모든 세상 돌아가는 만물 속에서 스스로 공부를 찾고 모든 것들이 전해 주는 진리에 대해서도 깨우쳐야 합니다.

이를 다루고자 하니, 근기에 대해 또 이야기를 하지 않을 수 없습니다. 수승한 근기의 사람은 어떠한 경우라도 오염이 되거나 변질되는 법이 없기에 탁함 가운데서도 성성하게 공부를 이어 나갈 수 있습니다.

마치 진흙 속의 연꽃과 같이 정진하여 나아갈 수 있으나 지어 놓은 업에 의해 인연의 복이 약할 때는 초반에 어디에도 오염되지 않을 수 있게끔 초석을 잘 다지는 방편이 그만큼 중요한 시대가 되었습니다.

2

.

시절인연에 따른
기도

1

근기에 따라 적용되는 기도

저는 18살에 큰스님으로부터 법명(法名)과 화두(話頭)를 받았습니다. 그리고 그 화두는 지금도 이어 가고 있으나 나중에 때가 되고 연이 되면 오로지 이 화두 참구(參究)만을 하여 생을 마감하고 싶을 정도로 간화선(看話禪)에 대한 갈증이 두텁게 있습니다. 지금은 제가 해야 하는 여러 가지 기도들과 더욱 닦아야 하는 바들이 크기에 지금의 할 것들에 대해서만 묵묵히 해 나갈 뿐입니다.

이처럼 바로 참선에 들어가는 사람이 있는가 하면, 복을 지어야 하는 사람도 있고 염불을 해야 하는 사람도 있으며 천차만별의 근기와 기질을 지닌 사람들이 있습니다.

또 상담을 통해 사람들을 대하다 보면 여러 부류의 사람들을 마주할 수 있게 되는데, 그중에서도 분명 심적인 에너지가 크게 움직이고 있지만 지혜가 없는 상태에서 동력을 그대로 내버려 둔다면 업장이 더욱 두터워질 듯한 인연이 있기도 하고, 조급하지 않은 상태에서 지금의 것을 유지하는 것 자체가 기도가 되는 사람도 있기에 적용되는 기도 방안에도 차이가 생깁니다.

혹은 당장의 괴로움을 멸하고자 하여 조급하게 움직이게 되었을 때는 도리어 마장이 생겨 기운적 충돌이 일어나 스스로 힘들어지거나 곤경에 처할 수 있는 상황이 예측되는 경우도 있기에 방편들을 다룰 때에는 신중해집니다.

그렇기에 오랫동안 저와 인연이 되신 분들의 경우 한 기도를 수년간 잡고 가시는 분들이 계시기도 하지만, 100일 기도 이후 또 다른 기도로 전향하게 되는 경우도 있습니다. 그런가 하면 내가 마주하고 행하는 모든 존재들이 기도의 인연이 되기 때문에 별도의 방편 없이 오로지 지금의 '일'에만 집중해야 하는 사람도 있습니다.

이러한 부분들을 가볍게만 들여다보아도 근기에 따라 기도가 달리 적용된다는 것을 알 수 있습니다. 특히 영가(靈駕) 장애가 있거나 영적인 부분으로 통하는 사람이 기도를 잘 다루면 약이 되지만, 오기로 부딪히게 되었을 때는 힘이 없는 상태에서 마장이 생겨 힘들어질 수 있으므로 지혜로써 이를 다루어야 합니다.

사실 승려로 오랫동안 절에 머물러 있었을 때는 불자님들만을 뵈어 왔지만 법사로서 도심 속 선원에 머물며 가장 좋은 점 중 하나는 꼭 불자님들만이 아니어도 세상의 많은 사람들을 두루 만나 가장 필요한 것들을 알려 드릴 수 있다는 점입니다.

물론 부족한 부분이 많지만 그럼에도 타고난 부분에서 이를 승화시켜 내어 보다 많은 사람들에게 향상된 삶을 살아갈 수 있게끔 조금이라도 도움이 되어 드리는 일은 기쁘고 감사한 일입니다. 그렇기에 꼭 불자님들뿐만 아니라 기독교 · 유교 · 천주교 · 도교 · 기 수련 등 세상 각지에서 오는 사람들을 대할 수 있음에 감사함을 느낍니다.

비록 몸은 한국에 상주하고 있지만 미국 · 중국 · 영국 · 프랑스 · 아프리카 · 말레이시아 · 태국 등 여러 나라 각지에서 삶을 이끌어 나가고 계시는 분들과의 신행 상담 혹은 여러 가지 부분들을 이어 나가다 보면 저도 절로 신심(信心)이 일어나고, 이 세상과 온 우주의 기운이 조금씩 변화되고 있음을 느끼면서 벅찬 감동과 환희심이 몽글몽글 솟아납니다.

무엇보다 자신을 변화시킨다는 것은 결국 한마음의 변화로 인해 온 우주가 변해지는 것을 의미하는데 한마음이 멸하고 생성됨으로 인해 주변의 기운이 정화되고, 이 기운을 따라서 세상이 조금씩 변하게 됩니다.

혼돈(混沌) 속에 들떠 있는 기운이 때가 되어 서서히 자리를 잡아 가기 시작하며 탐진치 무명(無明)의 상태에서 벗어났을 때, 비로소 온 우주가 변화될 수 있는 것입니다. 그만큼 내가 내는 단 한순간의 마음과 말이, 우주에는 굉장히 큰 파장을 일으킨다는 사실을 알아야 합니다.

좋은 마음을 내면 낼수록 세상이 조금씩 정화되어 가는 것이 당연한 것처럼, 거친 말과 어두움의 마음이 일으켜지면 찰나가 쌓여 덩어리가 되고 이로 인해 때가 되어 과보로 다시금 돌아온다는 인연법을 망각하지 않아야 합니다.

또한 대부분의 사람들은 늘 행복을 바라고 있는데, 친절한 행동과 좋은 마음은 실제로 많은 도움이 됩니다. 행복의 상태는 그 기운이 전달될 수 있는 사람에게 접근하게 됩니다. 그러기 위해서는 내가 행운이나 행복을 끌어당기는 힘이 있어야 하고, 이에 가장 기본이 되는 것이 친절한 말과 행동입니다.

행운이나 행복은 어두움을 좋아하지 않으며 자체로 빛의 존재이기 때문에 밝음에 깃들여지고 싶어 합니다. 그렇기에 내가 이를 마주하려면 늘 몸가짐을 단정히 하고 깨끗이 씻으며 몸과 말과 입과 뜻으로 내뱉는 것이 양명하고 맑아야 합니다.

그러나 이처럼 행위를 이어 나가지 못했기 때문에 과보의 순환이 되풀이될 때를 우리는 괴로움이라 일컫고 있으며 고통에서 벗어나고자 한다면 근기에 맞는 다양한 기도를 이어 나아가야 합니다.

2

기도를 향한 참된 마음

우리가 무언가를 시행하려고 한다면 이를 향한 강한 믿음이 뒷받침 되어야만 실천적 행위를 할 수 있습니다. '불신(不信)'의 상태에서는 행위적 실천이 뒤따르기 어렵기 때문입니다.

하지만 바른 기도 마음을 얻는 것조차 복이 있어야 가능하며, 복이 있기 때문에 이와 같은 진리에 대한 법을 들을 수 있습니다. 이 세상 모든 것은 인연 없이 '생(生)'하는 것이 없습니다.

그렇기에 한마음을 변화시키는 것은 일생일대의 가장 큰 중대사이므로 참된 마음을 가지는 것은 대단히 중요한 부분입니다.

특히 참된 마음을 처음 지니는 것도 어렵지만 유지하는 것은 더욱 어렵기 때문에 늘 이에 대한 면밀한 자각이 필요합니다.

일반적으로 사람의 마음은 늘 바라는 대로 혹은 구하는 쪽으로 기울어질 수밖에 없습니다. 삿된 것을 생각하게 된다면 늘 생각이 그쪽으로 치우쳐 있기 때문에 비슷한 성질의 기운이 다가오게 마련입니다. 이처럼 참된 마음을 일으키고 유지하는 것은 어렵지만 지극히 당연한 '도(道)'의 길입니다.

늘 마음속에 깨달음을 얻어 상구보리 하화중생(上求菩提 下化衆生: 위로는 보리를 구하고, 아래로는 중생을 교화한다는 불교의 가르침)의 서원을 품고 살아가는 사람에게는 언젠가 이를 실현할 수 있게끔 다양한 방편들과 인연들이 모이게 마련이지만, 늘 자신의 이익과 욕심이 채워지기만을 바라게 된다면 도리어 끝없는 갈망과 갈구에 스스로만 지쳐 갈 뿐입니다.

분심(憤心)의 마음은 한 번 내면 3번의 성내는 인연이 더 생기고, 업이 점점 가중됩니다. 또한 세간과 출세간에 이익이 전혀 없는 부질없는 일들을 바란다면 어리석음에 치우쳐 내가 헤쳐 나가야 하는 현실에서도 여러 가지 실수들을 거듭하게 됩니다.

그렇기 때문에 고통을 소멸하기 위한 목적으로 기도를 이어 간다면 내 안의 업장이 소멸되길 바라는 참된 마음을 품어야 하며, 일체 만물들이 평안하고 또 안락해지는 자비심을 가져야 합니다.

바른 기도를 이어 나가고 있단 사실을 객관적으로 알 수 있는 방법이 있다면, 자신이 행하는 기도의 끝에 늘 일체 만물의 행복을 바라는 자비심이 있느냐 없느냐에서 분별(分別)할 수 있습니다. 기도 자체는 나 자신을 위한 길이지만, 이를 통해 만물이 조화로워지고 정화된다는 것을 충분히 알 수 있습니다.

궁극에는 이를 통해 모든 공덕들이 일체 중생에게 돌아가 서로가 안락해지며 자신 또한 무위열반(無爲涅槃)에 이르고자 하는 발심을 매 순간 지녀야 합니다. 결국 일체가 안락해지면 나 자신이 평안 적적해질 수 있으므로 모든 것은 공존해 가기에 온전히 자신만을 위한 기도를 한다는 생각은 일찍이 버리는 것이 좋습니다.

3

맞는 방편이 중요한 이유

때로는 주변 사람이 금강경(金剛經)을 독경한다고 해서 이를 따라 하기도 하고, 주변의 친한 사람이 광명진언(光明眞言)을 읊는다고 해서 무턱대고 따라 하시는 분들이 있습니다.

물론 모든 진언과 기도는 그만큼의 수승한 공덕이 따르기 때문에 해가 되는 것은 없습니다. 그러나 간혹 해가 되는 경우가 생기기 때문에 늘 맞는 방편을 가지는 것이 중요하다고 말씀드립니다.

특히 자신의 힘이 몹시 약하고 영가의 장애를 입기 쉬운 사람

내 마음을 밝히는 연등

이 창과 방패가 없는 상태에서 기운이 강한 기도를 몸에 지니게 된다면, 도리어 기운적 충돌이 일어나게 되어 신체적인 부분 혹은 정신적인 부분에서 결함 현상이 오게 됩니다. 이로써 괴로움을 호소하기도 하며 괜히 삿된 것을 행하게 되었다가 몸과 마음이 망가지게 된 것을 두루 본 적이 있습니다.

물론 기운 강한 기도가 나쁘다는 것이 아닙니다. 저마다의 기도는 적절한 시기가 있는 것이며, 되도록 그 시기에 맞는 기도를 하게 되었을 때 그 감응 속도가 빨라집니다.

또한 대중이 함께 독경을 하거나 읊었을 때여야만 그 힘을 발하는 방편이 있는데, 이를 무턱대고 홀로 하게 되었을 때 자칫 장애가 생기는 경우가 있기도 하니 무엇이든 신중해야 합니다.

이러한 이야기들이 조심스러운 이유 중 하나는 그럼에도 충분히 기도를 지속해서 나아갈 수 있는 사람들이 있기 때문입니다. 모든 사람들은 태어난 연월일시가 같더라도 모두 동일한 기운을 가지고 있지 않습니다.

물론 동업의 영향을 받지 않았다고 할 수는 없으나 인연에 따라서 달라지는 부분들이 분명히 있기 때문에 각자마다 시절에 가장 적합한 기도를 하게 되었을 때는 보다 빠르게 나아갈 수 있습니다.

우리는 필연적으로 거쳐 가야 하는 과보에 대해서 피해 갈 수 없습니다. 분명 지어 둔 바가 있기 때문에 결과를 받아들이는 것은 응당 당연하나 이를 다른 식으로 받아들일 수도 있으므로 이 과보를 어떻게 잘 받아들일 수 있는지에 대해서도 고민해 보아야 합니다.

또한 기도를 하다 보면 내가 이후에 받게 되는 여러 가지 과보들을 빠르게 맞이하게 될 수도 있는데, 과보들이 들어온다고 해서 겁을 먹고 피하는 것이 아니라 감사하게도 일찍이 원래 만나야 하는 인연들을 마주칠 수 있어 다행이라는 생각을 가져야 합니다.

'빠르게 과보를 받을 수 있게 되어 감사합니다.'

이러한 생각을 가지게 될 때, 더욱 편안한 마음으로 현상을 받아들일 수 있게 됩니다. 이 마음이 중요한 이유도 각자 어떠한 마음을 가지고 삶을 살아가느냐에 따라서 들어오는 현상의 받아들임이 달라지기 때문입니다.

같은 현상 속에 있다 할지라도 어떤 사람은 행복함을 느끼고 어떤 사람은 괴롭다고 느낍니다. 혹은 답답하다고 느끼는 사람이 있는가 하면, 더없이 편안하다고 느끼는 분들도 있습니다.

모든 것이 연기에 의해 일어난다는 사실을 깨달았다면 현상계에서 일어나는 실상에 대해 명확하고 의심 없이 받아들일 수 있지만, 자기 자신이 지어 놓은 업의 습에 갇혀 밖을 볼 수 없는 사람은 아무리 좋은 환경 속에 있어도 그 환경이 더할 나위 없이 좋다는 사실을 생이 다하도록 알 수 없습니다.

이처럼 모든 것은 마음에 의해 평안해지기도 하지만 괴로워지기도 합니다. 즉, 한마음의 변화로 인해 일체가 극락(極樂)이 되기도 하고 지옥(地獄)도 되는 것이 사바세계입니다.

4

방편법 이후 현전할 수 있는 과보(果報)

　　보통 기도를 하게 될 때는 100일 혹은 1년의 기간을 정한 상태에서 지속하시라고 권해 드리고 있습니다. '그저 이 기도가 좋기 때문에 하십시오.'라고 한다면 100일도 채 되지 않아 포기해 버리는 경우들이 생기기 때문입니다.

　　그러다 현실의 괴로움에 다시 정신이 들어 기도를 잡아 가 보려고 하지만 이미 지어 놓은 습관이 없고 세월은 그만큼 더 흘렀으니 힘들다고만 느낄 뿐입니다.

　　그렇기 때문에 저는 기도의 힘이 어느 정도 덩어리로 온전히 남아 이 육신과 일체가 될 수 있는 최소한의 시간을 100일이라고 정하여 늘 오시는 분들에게 100일의 기도를 시작하시게끔 권유해 드리고 있습니다.

그리고 감사하게도 대부분의 분들은 기도를 끝까지 잡고 나아가 주시고는 합니다. 물론 중간중간 생기는 각종 장애들이 있기도 하지만, 그럴 때마다 일이 생겨나는 여러 가지 과정들에 대해 간략히 설명해 드리면 다시 기도를 할 수 있는 에너지가 생기고 힘이 생겨납니다.

이처럼 기도를 하다 보면 희한하게 원래 다가오지 않을 것 같았던 일들이 한꺼번에 다가오기도 하고, 아무런 현상이 일어나지 않는 경우들도 있습니다. 그러나 갑자기 여러 가지 일들이 더 생겨나고 그러한 현상에 대처하는 것이 번뇌스러워지기 시작한다면 이를 명확히 알아차려 기도가 끊이지 않게끔 경계해야 하는 순간입니다.

그럴 때 많은 분들이 쉽게 범할 수 있는 오류 중 하나가 현상을 하나하나 대처해 나가다 보니 기도를 놓치게 된다는 점입니다. 그렇게 하다 보면 또다시 1일부터 시작해야 하고 흐지부지해져서 기도의 힘이 지속될 수 없습니다.

실제 자신에게 가장 맞는 방편에 따라 기도를 하다 보면 아무런 일이 일어나지 않기도 하지만, 기도 기간 가운데 특히 처음과 마지막은 흔들리기 쉽습니다. 그러나 나 자신이 기도를 하기 때문에 내가 본래 맞이해야 하는 과보들이 빠르게 현전하고 있다는 것을 알아차려야 합니다.

나중에 받아야 하는 과보들이 빠르게 다가오고 있고 지금 이를 충분히 받아 낼 수 있는 시기에 인연들이 다가왔음에 도리어 감사하며 현실은 현실대로 꾸려 나아가되 기도는 놓지 말아야 합니다.

그리고 이러한 이야기는 한번 들어도 잊어버리게 되고 또다시 같은 상황이 되풀이되는 경우들이 있으므로 더욱 경각심을 가져 기도를 해 나가는 자세를 지녀야 합니다. 처음에는 어렵지만, 이를 지속했을 때 점점 내 마음이 밝아짐을 느낄 수 있습니다.

3
·

참회기도를
해야 하는 이유

1

어떠한 인연으로 가족이 되었는가

이 세상에 존재하는 모든 것은 항상하는 것이 없으므로 집착할 만한 것이 없습니다. 심지어 나라고 생각하는 이 몸뚱어리도 자지 말라고 하면 자지 말아야 할 텐데 때가 되면 잠을 잡니다.

또 먹지 말라고 하면 먹지 않아야 하는데 배가 고프면 음식을 찾게 되고 내 마음대로 되는 것이 하나도 없으니 '나'라고 할 수 있는 것을 도무지 찾을 수 없습니다. 늘 변해 가는 것이기 때문에 집착할 필요가 없으니 스스로 괴로움을 만들지 말라는 것에 큰 의의를 두게 됩니다.

내 마음을 밝히는 연등

또한 우리가 괴로움을 느끼게 되는 가장 큰 현상들의 대부분은 사람들 간의 관계 속에서 이뤄집니다. 오랜 시간 동안 함께 자리를 해 온 직장이나 친구 혹은 가족들로 인해 가장 많은 상처를 받게 되는 것은 부정할 수 없는 사실입니다.

특히 서로가 가장 사랑해야 하는 가족 간의 인연은 때론 악연끼리 만나기도 하여 원수가 되어 버리는 경우도 생기지요. 그럴 때마다 우리 가족은 도대체 왜 이렇게 남들처럼 행복하지 못하고 늘 힘들기만 할까 하는 생각이 들 수도 있습니다.

그러나 가족의 인연이란 함부로 맺어질 수 없는 것이기에 한 번 맺어진 인연은 그만큼 오랜 세월에 걸쳐 깊은 인연 관계에 있었다는 사실을 알아야 합니다.

이처럼 오랜 세월에 걸쳐 인연이 이어진 관계이므로 서로가 서로를 아껴야 함에도 불구하고, 부모는 자식으로 인해 괴로워하고 자식들은 부모님에 의해 힘들어하는 상황이 되풀이됩니다. 반면 이러한 관계를 변화시키고자 하나 방법을 잘 알지 못하여 서로가 더욱 힘들어지는 관계에 놓여 있는 경우도 많습니다.

하지만 그 안을 깊이 살펴보면 현생의 어머니가 전생의 아들이었기도 하고 현생의 딸이 전생의 아버지였던 적도 있으며, 뒤섞여 있는 잡다한 인연 속에서 서로 맺고 풀어야 하는 것이 있기 때문에 가족의 연으로 이어진 것임을 알 수 있습니다.

그러므로 전생에 집착을 많이 하게 된 대상에 대해서는 다음 생에는 역으로 내가 그 집착의 대상이 되기도 하고, 이를 알아차리지 못해 악순환이 지속된다면 영원히 이를 도려낼 방안이 없습니다.

이러한 가족의 연이 있고 그만큼 업의 얽히고설켜 있음이 강하기 때문에 가족이 되었단 사실을 인지하여 가족에 의한 괴로움이 있다면 알게 모르게 쌓여 있는 업장에 대한 참회기도가 우선시되어야 합니다.

2

부모 자식 간의 인연(상담 사례)

어느 날 한 여성분께서 저를 찾아오셨습니다. 그 여성분의 아버지는 스님이셨고, 여성분은 사주명리학을 배운 상태에서 여러 가지 공부를 이어 가고 있는 분이셨습니다.

그러나 이분이 가지고 있는 남모를 아픔이 있었는데, 그것은 바로 자식의 질환과 고질적인 병이었습니다. 그분의 아들은 아직 초등학생이 되지 않은 상태로 고작 여섯 살에서 일곱 살 정도 되었으며 현대의학으로 쉽게 고치기 힘든 질병을 지니고 있었습니다.

그분이 많은 고심 끝에 저를 찾아왔음은 그분의 눈빛을 보자

마자 알 수 있는 부분이었습니다. 저 또한 가슴 한편이 아려 왔고 워낙 강하게 들어온 부분이 있었던지라 그분이 아들에 대한 이야기를 이어 나갈 때 가만히 관하여 보니 아들에게서는 다리가 넷인 축생(畜生)의 모습이 보였습니다.

그 축생의 모습은 마치 강아지나 고양이와도 같은 반려견 · 반려묘의 형상이었고, 상당히 예쁨을 받은 바 있는 것처럼 집 안이나 내부에서 생활을 했었던 형상이 스쳐 지나갔습니다.

일반적으로 타인의 과거 전생을 논하거나 보는 것은 제게도 업이 되기 때문에 되도록 보지 않으려 하나, 한 사람의 일생에 있어 가장 큰 괴로움으로 작용하고 있는 원인이 그 전생의 업연으로 인해 이어져 있다면 간혹 그 모습이 빠르게 관(觀)하여집니다.

그분은 자식으로 인해 굉장히 힘들어했고 괴로워했으며 상담하는 내내 계속 눈물을 멈추지 못하셨는데, 그만큼 자식 간의 인연이 굉장히 질긴 인연임을 알 수 있었습니다.

그분의 이야기가 어느 정도 이어지고 더 이상의 이야기가 필요 없다 싶어졌을 때, 그분께 살면서 혹시 반려묘나 반려견과 함께한 적이 있는지 물어보았습니다. 그러곤 아들의 모습에서 축생

(畜生)의 형상이 보이고, 아들의 전생이 예전에 함께하던 축생이었을 것이라 이야기해 드렸으며 그 모습에서 상당한 슬픔이 보인다는 이야기를 드렸습니다.

그제야 그분께서는 지난날의 과거에 대해 이야기를 꺼내기 시작하였습니다. 키우던 동물이 있었으나 그 동물은 자신이 집에 없는 사이 자신의 어머니께서 갑작스럽게 안락사를 시켜 버려 그로 인해 굉장히 힘들었고 괴로워했었다는 이야기를 하셨는데, 그 동물이 세상을 뜬 지 얼마 지나지 않아 임신이 되어 아이를 출산하게 되었습니다.

그때 자신이 키우던 동물이 갑작스럽게 영문도 모른 상태에서 안락사를 당하였고, 이로 인해 현생에서는 자신의 아들로 태어나 부모님이 힘들 수밖에 없는 상황이 되었으며 이분은 영문도 모른 채 그저 괴로워하고만 있었던 것입니다.

그분께는 반드시 참회하고 업장을 소멸해야 하는 것이 우선이라 일러 드려 참회 방안에 대해 이야기를 드렸으며, 가장 맞는 방편 기도법과 함께 집 안에 아미타부처님의 형상이 담겨 있는 족자 혹은 그림을 두는 것이 좋겠다는 조언을 드렸습니다.

그리고 그분의 마음에 가장 안정적으로 다가오는 부처님의 형상이었으면 좋겠다고 말씀드리니, 대만의 부처님 족자를 모시고 와서 집 안에 걸어 두었습니다. 그분이 고른 부처님의 형상은 제가 관하면서 가장 맞을 듯한 대만의 아미타부처님의 형상이었으므로 저 또한 다행이라 여겼습니다.

이와 같이 우리가 직접적으로 업을 쌓지 않아도 나와 간접적인 인연이 내 직접 인연에 크나큰 해를 가하게 되었다면 이 또한 나 자신에게 과보가 돌아온다는 사실을 알아야 합니다. 특히 급작스러운 사고를 당하거나 준비를 하지 않은 상태에서 죽음을 맞이하게 된 경우, 혼(魂)의 상태는 무명 속을 헤매기 때문에 다음의 생이 온전하지 못할 가능성이 높습니다.

그렇기에 죽음을 기다리며 맞이할 수 있음 또한 굉장히 큰 복이며, 부모 자식과의 인연은 이러한 인연 속에서 맺어지기도 한다는 사실을 기필코 명심하여 아주 작은 죄업(罪業)이라도 짓지 않도록 해야 할 것입니다.

3

인연의 맺음과 끊어 냄

자의적으로 누군가와 인연을 맺기도 하지만 때로는 원치 않는 상황 속에서 인연을 맺게 되는 경우도 있습니다. 그러나 이미 맺어진 인연에 대해서는 그에 따른 책임이 있기 때문에 함부로 인연을 끊을 수 없습니다.

혹은 이미 자신이 과거에 원하여 맺은 인연이 있으나 내 마음에 들지 않는다고 급작스럽게 관계를 정리해 버리게 되면 이보다 더한 인연이 추후 도사리고 있기 때문에 맺은 부분에 대한 정리는 확실히 해야만 합니다.

특히 부부라는 인연 가운데에서 이혼을 고려하거나 괴로움으로 인해 관계를 끊어 내고자 하시는 분들이 더러 계시지만, 아직 인연의 끈이 소멸되지 않은 상태에서 현상적으로만 관계를 끊어 내는 것은 결코 무의미합니다.

아직 인연의 끈이 남아 있는 상태이고 현상계의 괴로움이 있다면 다음 생에 좋은 인연으로 만나거나 현생에서도 좋게 마무리되길 바라는 마음에서라도 참회기도가 필요합니다.

참회기도는 서로가 알지 못하는 상태에서 쌓아 온 업장을 소멸시키는 것이기 때문에 괴로움의 대상을 향해 늘 감정이 일어나는 찰나마다 '잘못했습니다.'라며 기도를 하는 것이 바람직합니다.

4
•

기도 방편 및
기간 설정

1
기도 방편의 종류

사람마다 기질적인 부분이 다르듯 방편 또한 여러 가지로 나뉩니다. 우리가 익히 알고 있는 기도 방법들이 존재하기도 하지만 때론 기도라고 일컬어지고 있지 않는 것을 기도라 여기어 공부를 이어 나가시는 분들도 계시고, 아직까지는 온전한 기도를 하기 어렵기 때문에 복을 짓는 과정이 필요한 사람들도 있습니다.

물론 모든 역경과 고난들을 이겨 낼 준비가 되어 있다면 언제 어느 때라도 이어 나가도 되는 것이 바로 공부이긴 하지만, 지금의 시절인연에서는 되도록 근기에 맞는 방편법을 잡는 것이 낫다는 것을 말씀드리고 싶습니다.

과거에는 모든 삶의 실상에 대해 낱낱이 알아 더 나은 길로 후학들을 이끌어 주시는 어른들께서 많이 계셨습니다. 지금도 마찬가지이지만 적어도 예전에 비해 그 비중이 현저하게 줄어든 것은 부정할 수 없는 사실입니다.

현재 자신이 걸어가고 있는 분야에 대해 남에게 조금은 도움이 될 수 있게끔 일러 주고 있는 사람이라면 적어도 그 분야에 대해 크고 작은 어려움들과 각종 난관들을 많이 겪어 본 바가 있기에 배울 점들이 많이 있습니다.

그리고 극복하기 힘든 시절이 다가올 때마다 적용할 수 있는 또 다른 방안들이 있을 수도 있고, 각자만의 노하우가 존재합니다. 그만큼 먼저 길을 가신 어른들의 이정표가 중요한 것은 혹여나 발생할 수 있는 각종 어려움에서 벗어날 수 있는 여러 가지 방편을 배울 수 있기 때문이지요.

하지만 지금은 후학(後學)들에게 이러한 부분에 대해 일러 주시는 분들이 많이 남아 계시지 않습니다. 그렇기 때문에 각자의 근기에 가장 맞는 방식을 찾는 것은 상당히 중요하고 이를 통해 더 향상된 삶을 향해 나아갈 수 있습니다.

또한 이러한 방편에는 독경, 염불, 참선, 108배, 복을 짓는 행위, 위빠사나 등 헤아릴 수 없을 정도로 많은 수행법들이 있기에 접하면서 가장 장애가 덜 생기고 맞는 방식을 찾기 위해서는 이러한 부분을 지도해 줄 수 있는 스승을 찾아야 합니다.

세상에 태어나 누릴 수 있는 많은 복이 있지만 가장 큰 복은 이 세상의 이치와 진리에 대해서 들을 수 있는 법을 만나는 것이고, 이를 지도해 줄 수 있는 시대적 스승을 만나는 것입니다.

그중에서도 복이 있어 분명 법(法)을 듣기는 하였으나 지혜가 부족하여 어두움에 가려진 상태에서 스승을 찾지 못하는 경우가 있습니다. 눈앞에 분명 선지식이 있음에도 알아차리지 못하는 경우가 있기 때문에 늘 복과 지혜는 같이 닦아 나아가야 하는 것이라 강조를 드리는 것입니다.

물론 이와 같은 방편법 없이 진리나 법에 대해 온전히 받아들일 수 있다면 걸음걸음과 한 행위 자체가 온전한 수행으로 변화됩니다. 하지만 이 단계까지 도래하려면 상당한 시간들이 필요하고 혜안이 있어야 하는 부분이기에 가급적 방편을 통해 처음부터 정직하게 수행하는 것을 적극적으로 권해 드리는 바입니다.

먼저 나 자신을 위한 수행이라 할지라도 이 수행이 온전해질 때는 일체 모든 만물에게 자비와 평화의 기운이 함께 전달됩니다. 모든 기운들이 정화되는 빠른 지름길은 나 스스로를 다스리는 것이므로 늘 방일하지 말고 해야 할 것만을 생각하여 어떠한 그물에도 걸림 없이 온전히 나만의 길을 향해 나아갈 수 있어야 합니다.

2
—

108배 참회 절기도

　세계적으로 다양한 종교들이 있으나 공통적으로 행하여지고 있는 것이 바로 기도입니다. 그리고 그 기도에도 종류가 상당히 많은데, 그중에서 우리가 가장 잘 알고 있는 108배 기도란 절을 통해서 하는 기도를 일컫습니다.

　요즘은 각종 매체들을 통해 '절' 하면 템플스테이를 다루고 있고 여기에서 필수적으로 해 나가는 코스가 바로 108배 참회 절입니다. 그만큼 절을 많이 하기 때문에 절이라는 이름이 붙었다는 말이 있을 정도로 불교에서 절은 가장 기초가 되는 수행길입니다.

특히 심(心)적으로 동력(動力)의 에너지가 많이 분출되고 있는 상황 속에서 다스려야 하는 부분들이 많거나, 앞으로 받아야 하는 여러 가지 과보에 대해 2차적인 업을 짓지 않고자 노력해야 하는 분들이시라면 일시적으로 108배 기도를 꾸준히 매일 해 주시는 것이 좋습니다.

간혹 10년, 20년이 넘는 기간 동안 단 하루도 108배를 거르지 않은 분들이 계시는데, 이러한 분들에게서 배울 수 있는 점들은 굉장히 많습니다. 그러나 바쁜 일상을 살아가시다 보니 때론 놓치기도 하며 방일한 생각에 하루 정도 거르는 경우도 종종 생깁니다.

반면 최소한 내가 정해 놓은 21일 기도 혹은 100일 기도 기간 동안만큼은 기도를 이어 나가 주셔야 합니다. 이렇듯 지속해 나아갔을 때 원초적인 힘과 에너지를 얻게 되고 일정 범위까지 올라오게 되었을 때는 그 힘에 가속이 붙어 향상할 수 있는 자력이 생성되기 때문입니다.

하지만 고비에서 멈추게 되었을 때는 다시 결정체가 무(無)의 상태로 돌아가기 때문에 이때는 끌어올려 주는 힘이 필요합니다. 그리고 이 단계까지 올라오는 데에는 수없이 많은 고통과 눈물이 앞을 가릴 수 있지만 그 고비를 잘 넘어가야 합니다. 육체적인 아픔에 의해 지속하기 어려운 경우가 있다면 이를 대신할 수 있을 만큼의 방편을 찾는 것도 좋습니다.

절 기도를 하기에 가장 안정된 기간은 최소 100일이지만 현실적인 범위 내에서 무리 없이 할 수 있는 때라고 정한 그 기간이 가장 적절한 기간입니다. 그러나 108배는 온전한 진참회를 위한 기도이기 때문에 이 자체가 목적이 되기도 하지만 절이 방편이 되는 경우도 있습니다.

그래서 방편이 되는 절을 할 때와 진참회의 절을 할 때의 마음가짐은 달라질 수 있는데, 108배를 목적으로 둔 기도를 이어 나갈 때는 배출하고 써야 하는 동력을 절에 온전히 기울임으로써 삿되게 흘러가는 기운을 막고 추후 다가오는 과보에 여일(如一)할 수 있게끔 알게 모르게 지은 죄업에 대해 참회하는 마음을 가져야 합니다.

그러나 흘러가는 모든 상황이 의아스럽고 전체적으로 과보가 현전(現前)할 수밖에 없는 현실을 이어 나가고 있다면 진참회기도만이 온전한 목적이 되고 108배는 방편이 됩니다.

이때는 꼭 108번이 아니라 참회기도를 하는 내내 절을 해도 좋습니다. 결국 '나'라고 하는 것에 집착을 하고 이로써 행위가 이어지며 여러 가지 업장이 쌓이게 되는 과정이 있으므로 '나' 자신을 비워 내야만 진(眞)참회기도가 이루어진다고 할 수 있습니다.

그리고 '나'에 대해 집착을 하는 것은 변해 가는 모든 것에 대한 무상함을 제대로 인지하지 못하는 무지(無知)에서 비롯되었음을 알 수 있고, 이 또한 밝지 못한 상태인 '무명(無明)'에서 파생된 것이므로 늘 밝음의 상태를 여일하게 지속할 수 있게끔 유지해야 합니다.

우리가 마주하는 여러 과보들은 비단 이번 생에서 내가 행한 부분으로부터 파생된 것만이 아닙니다. 도리어 복이 있는 사람은 그 과보가 이르는 속도가 상당히 빠르기에 바로바로 과보를 받지만, 복이 부족하면 이 또한 현저하게 느려집니다.

결국 이번 생에 마주하는 현상계의 모든 일들은 현생의 과보이기도 하지만 전생의 과보이기도 하며, 더 나아가 그 이전 생의 과보가 이어지는 경우도 있다는 뜻입니다.

이처럼 지속적으로 닦아도 매일 쌓이는 것이 업장이고 여전히 남아 있는 죄업들이 이토록 많을진대 늘 탐진치(貪瞋癡) 마음에 의해 몸과 말과 뜻으로 삼업(三業)을 짓는다면 이에 따른 과보가 얼마나 많이 남겠습니까?

그리고 이를 받아 내야 하는 사람은 온전히 자기 자신뿐이며 과보가 현전하는 순간에는 내가 지어 둔 부분에 대해 모두 망각한 상태이므로 현실을 비판하거나 부정하고 타인을 괴롭히는 등 또 다른 오류들만을 범하게 됩니다. 그만큼 지어 놓은 바들이 많기 때문에 참회 절을 통해 이를 밝혀 나아가는 것은 중요한 부분입니다.

그러나 절을 할 때 머리를 땅에 대지 않고 절을 하는 경우도 있는데, 절이라는 것은 본디 나 자신을 비워 내는 데에 큰 의의가 있으므로 머리를 땅에 붙여야만 합니다.

무릎의 반동을 통해 위로 올라서고 몸을 가장 낮은 자세로 굽힐 때 머리가 땅에 닿아야 하고 이마가 땅에 잘 닿지 않는다면 닿도록 해야 합니다. 저 또한 옛 어른들께 절을 할 때는 머리가 땅에 닿아야 한다는 소리를 많이 들었습니다.

그리고 누구나 '나' 자신이 비워지게 되어 아상과 아만, 아집

내 마음을 밝히는 연등

에서 만 리 길이 멀어지게 된다면 업장소멸이 됨과 동시에 나 자신의 맑아진 정화 기운으로 인해 주변까지 맑히게 되므로 큰 선업을 쌓게 된다는 사실을 인지해야 합니다.

저는 어릴 때부터 아상(我相)과 아만(我慢), 아집(我執)이 높았습니다. 얼마나 아상이 높은지 할 소리 못할 소리에 대해 구별을 하지 않았고, 나 자신이 가장 잘났다는 생각에 감히 발언해서는 안 될 발언까지 하게 되어 도리어 어른스님을 곤란하게 만들어버리는 큰 업까지 지은 바 있습니다.

불과 10대에 지나지 않았던 때였는데 대체 무엇이 잘났다고 그렇게 큰소리를 치고 다녔는지 지금 생각해 보면 그때 주변의 모든 어른들께 송구스럽고 죄송스러울 뿐이지요.

모두에게 해당되는 것은 아니지만 키가 작은 사람은 그만큼의 동업(同業)이 있기 때문에 키가 작습니다. 어렸을 때 큰스님으로부터 법문을 들을 때 키 작은 사람은 아상과 아만이 높아 늘 과거 전생에 남을 누르던 습관이 있었고, 늘 남을 눌렀던 그 업보(業報)로 현생에 키가 작다는 말씀을 하셨는데 시간이 지나서 보니 그 말씀이 하나도 틀린 게 없습니다.

저는 키가 156㎝로 작은 편에 속하고 학교 다닐 때에는 늘 첫 번째를 벗어난 적이 없었습니다. 어쩌다 운이 좋아 저보다 키가 1㎝ 더 작은 친구가 들어와 두 번째로 밀린 적은 있으나 대부분 늘 첫 번째로 자리를 잡고는 했었습니다.

그런 저는 어릴 때부터 이상이 그렇게 높아 '이상이 하늘을 찌른다'는 말을 많이 들었습니다. 심지어 친구에게까지 그러한 말을 들었을 정도이니 얼마나 제가 부족한 사람이었는지 아시겠지요? 심지어 절을 할 때도 머리가 땅에 닿질 않았습니다.

그리고 여러 번의 지적과 눈물, 콧물을 다 빼놓을 정도의 진참회가 이뤄진 뒤, 지금은 머리를 땅에 대지 않으면 절을 하는 것 같지 않게 느껴집니다. 하심하여 나 자신을 내려놓게 되었을 때는 타인에 대한 참된 자비심이 일어나게 되고, 이로써 행위적인 실천이 따르더라도 짐이 되는 것이 아니라 복이 된다는 것을 뼈저리게 느낀 것입니다.

무엇보다 내가 편안해질 때 마주하는 모든 일상의 상대들이 함께 편안해질 수 있습니다. 이러한 현상을 지속시킬 수 있는 것은 온전히 내 기도를 제대로 이어 나갔을 때여야만 가능합니다. 특히 주변의 기운을 안정시키게 되니 일체 인연에게도 복전(福田)

내 마음을 밝히는 연등

이 되는 셈입니다.

이처럼 모든 분들이 참회 절기도의 수승한 공덕과 이로써도 나 자신이 충분히 타인의 복전이 된다는 사실을 인지하여 꾸준한 기도를 이어 나가시면 좋겠습니다.

그리고 모든 고통과 괴로움에서 해방되어 만인들에게 괴로움에서 벗어나는 방안에 대해 스스로 터득한 것을 알려 줄 수 있는 참된 스승이 되셨으면 하는 바람에서 절기도에 대한 이야기를 드립니다.

3

염불(念佛)수행

염불(念佛)수행 가운데에서도 아미타염불과 관음염불은 이미 우리나라에서도 익히 알려져 있는 바입니다. 그중에서도 관음염불에 대해 간략히 알려 드리고자 합니다.

기본적으로 우리가 이어 가는 모든 기도는 복전(福田)이 되고 복으로써 승화시키기 위해 함이 많은데, 그러기 위해서는 참회기도가 우선시되어야 한다고 말씀드렸습니다. 다만 앞서 말씀드린 절기도와 마찬가지로 염불이 온전한 궁극적 목표 지점인지 혹은 방편인지에 따라 방법에도 차이가 있습니다.

내 마음을 밝히는 연등

염불 그 자체만으로도 우리는 삼매(三昧)에 들 수 있고, 이를 통해 많은 공덕을 지어 나갈 수 있습니다. 그러나 이와 같이 되고자 한다면 기본적으로 내 업장이 녹아내린 상태에서 지속시켜야 안정적이며, 마음속으로 늘 참회심을 발한 상태에서 염불을 해야 합니다.

'이생 전생으로 알게 모르게 지은 모든 죄업에 대해 지금 이 자리에서 깊이 참회합니다.'

늘 이 마음을 발한 상태에서 '나무 관세음보살' 염불을 해 주시면 되는 것입니다. 그리고 처음 염불을 하시는 분들이 가장 많이 질문하시는 것 중 하나는 '나무 관세음보살'과 '관세음보살' 가운데에 어떤 것을 읊어야 하는지 모르겠다고 하시지만, 이에 따른 정답은 없습니다.

본디 '나무'라는 것은 '나모'라고도 하며 불보살님께 깊이 귀의한다는 뜻을 내포하고 있으므로 '나무'를 붙이셔도 좋고 안 붙이셔도 괜찮습니다. 단지 참회하는 마음가짐을 지니면서 일상 속에 늘 관음보살님을 '관(觀)'하여 염불할 수 있어야 한다는 것입니다.

우리의 감정들은 습기(習氣)로 인해 불쑥 올라오는 것이기 때문에 이 마음이 부처님의 마음으로 돌아가게 하기 위해서는 시간을 정해 놓고 염주를 돌리면서 염불을 해도 좋으나, 저는 찾아오시는 대부분의 분들에게 행주좌와(行住坐臥) 어묵동정(語默動靜)에서 기도하시기를 권유해 드리고 있습니다.

처음에는 생소하고 낯설게 느껴지지만, 해 보지 않은 것에 대한 낯선 현상을 느끼는 것은 당연합니다. 그러나 일상의 찰나 찰나에서 내 감정이 일어나게 되는 모든 순간 속, 내가 잡고 있는 기도 방편을 이어 나가게 된다면 이로 인해 모든 현상은 어느 순간 불국토로 변해 버립니다.

밥을 먹을 때에도 염불을 하고, 충분히 일상에 집중하여 일을 이어 나가고 있으면서 지나가는 동료로부터 한 소리를 들어 감정이 일어나면, 현실 대처는 하되 깊은 마음에서는 그 감정을 바로 알아차려 '관세음보살'로 돌리라고 말씀드리고 있습니다.

이미 일어나는 생각은 오랫동안 훈습되어 버린 업의 습기로 인해 일어나는 찰나(刹那)의 현상일 뿐이며, 이러한 부분이 다시금 업장으로 돌아가는 것입니다. 그러니 내가 괴롭지 않기 위해서는 더 이상의 업을 생성시키지 않아야 하고, 이에 가장 기초가 되는 것이 습기가 일어날 때마다 바로바로 참회하고 알아차려 기

내 마음을 밝히는 연등

도로 돌리는 것입니다.

물론 어렵고 낯설며 힘들 수도 있습니다. 그러나 매일 10시간 잠을 자는 사람이 하루아침에 5시간 수면 시간으로 바꾸기 어렵듯 모든 것은 습관에 의해 일어나는 것이기 때문에 습관을 들여 간절하게 참회하고 기도를 하면 녹아내리지 못할 업장은 이 세상에 없습니다.

평상시 걸림이 많고 결정을 하는 데에 시간이 오래 걸리며, 이런저런 생각과 근심 걱정이 앞서 있을 때에는 일상 속 관음염불의 도움이 크게 작용할 것입니다. 반대로 마음의 평안과 늘 안락함만을 원할 때에는 아미타염불(阿彌陀念佛)이 도움이 됩니다.

또한 어릴 때부터 관세음보살(觀世音菩薩)님과의 인연이 깊어 더욱 마음이 간다면 관음염불(觀音念佛)을 하셔도 무관합니다. 그러나 각자에게 맞는 불보살님은 분명히 계시기 때문에 이를 알아 기도를 하는것이 합리적입니다.

혹 시절을 이어 나가다 보면 또 다른 인연이 들어오기도 합니다. 즉, 관음염불을 하다가 아미타염불로 돌아가는 순간이 있기도 하나 이는 안 좋은 현상이 아니라 때가 되어 돌아가는 경우가 있는 것이니 의심 없이 지속하셔도 되는 부분입니다.

실상 기도하는 사람은 내부적으로 문제가 일어나거나 의아해지는 순간을 스스로 알아차릴 수 있습니다. 이러한 때에는 먼저 공부를 한 분들에게 조금씩 도움을 얻어 훨씬 향상된 공부를 지어 나갈 수 있습니다.

내 마음을 밝히는 연등

4

독경(讀經)기도

세간(世間)과 출세간(出世間)에 나와 있는 경전은 다양하게 존재합니다. 그렇기 때문에 무엇을 독경(讀經)해야 하는지 가늠이 되지 않을 수도 있으며, 막상 독경을 시작했는데 여러 마장에 의해 앞으로 나아가지 못하는 경우가 생기기도 합니다.

경전에는 수없이 많은 종류들이 있는데, 가장 대중적으로 널리 알려진 기도가 바로 금강경(金剛經)과 법화경(法華經)입니다. 금강경을 독경하시는 분들과 법화경을 독경하시는 분들은 근기의 차이가 있는 것이 아니라, 보다 자신에게 맞는 기도가 다를 뿐입니다.

또한 업을 맑히기 위해 금강경 독경이 도움 되는 사람도 있으나 막상 시작하려고 하니 장애가 빠르게 다가올 듯하고 이 장애를 초반에 극복하기 어려운 사람들이라면 절 기도를 먼저 한 뒤 독경을 시작하는 것이 안정적입니다.

또 사업을 일궈 나가시는 분의 경우, 신중기도가 도움이 되는 경우도 있으나 잘 풀리지 않는 경우에는 근본적인 문제를 살펴본 뒤 법화경 독경을 권유해 드리는 경우도 있습니다.

물론 과정 가운데에서 여러 상황들이 일어날 수도 있으나 그럼에도 독경의 힘이 지속될 때 그 지속성이 하나의 힘으로 작용할 수 있을 만큼 덩어리가 커지게 되면, 세간의 일에 좌우되지 않음으로써 훨씬 더 나은 현상을 도출시켜 낼 수 있게 됩니다.

물론 금강경이나 법화경 외에도 경전은 수도 없이 많습니다. 어떠한 경전이든 독경하는 수행자는 늘 일정 시간을 정해 놓고 기도를 이어 나가는 것이 좋은데, 되도록 저녁 시간보다는 이른 아침 시간에 하시도록 권유해 드리고 있습니다.

가장 번뇌스럽지 않은 곳에서 마음을 정갈하게 갈무리한 뒤 독경을 시작해야 하며, 항상 독경의 처음과 끝에 발원(發願)을 할

내 마음을 밝히는 연등

뿐 기도 시에는 그 어떤 번뇌나 생각을 하지 않도록 유의해야 합니다.

간혹 기도를 하다가 자식 생각, 부모 생각, 친구 생각 등의 여러 생각에 휩싸이기도 하나 기도 시에는 어떤 망상도 없이 일념(一念)으로 해야만 합니다. 그렇기에 발원문을 정하여 기도의 처음과 끝에 읊어 주는 것이 좋습니다. 그리고 기도는 온전한 수행이 되어야 하며 호소가 되어서는 안 됩니다.

무엇보다 독경기도는 점진적으로 그 힘이 커져 가는 것이기 때문에 당장의 좋은 현상을 기대할 수 없다 할지라도 때가 되고 시절인연이 되면 분명 나 자신을 향상시키는 복전(福田)이 됩니다. 따라서 해당 기도가 맞으신 분들은 늘 바라는 마음 없이 가장 순수한 그 상태에서 기도를 하는 것이 바람직합니다.

5

사경(寫經)기도

이외 많은 분들이 널리 시행하고 계시는 사경기도란 가장 쉽게 접근할 수 있고 집중하기 쉬우므로 어린아이들조차 마음을 다스리기 위해 가장 편하게 접근하는 방편 중 하나입니다.

또한 반야심경(般若心經) 사경은 부담스럽지 않은 범위 내에서 할 수 있고, 각자에게 맞는 사경을 함으로써 2차 적인 업을 만드는 행위를 피해 갈 수도 있게 됩니다.

무엇보다 평상시 꼼꼼하고 틀에 맞게끔 살아야 하는 성향을 깊이 가지신 분들이 처음 기도를 접하시는 경우라면 사경이 도움

될 수 있습니다. 그리고 깊은 신심(信心)이 일어나진 않으나 상황을 변화시키고자 하는 마음이 들었다면 이를 통해 마음을 조금씩 넓혀 나아갈 수 있게 됩니다.

또한 사경을 지향하게 되면 평소 예민함이 깊으신 분들의 마음이 더욱 넓어지게 되고 타인을 두루 섭수할 수 있는 심보가 커져 많은 공덕을 지을 수 있습니다.

실질적으로 절기도와 사경기도는 극과 극이라고 할 수 있는데, 이를 병행해서 하는 경우들도 있습니다. 절 1배에 1글자를 끊임없이 반복하며 반야심경 기도를 하는 경우도 있고, 아미타경 기도를 하는 경우도 있습니다. 특히 마음이 산란하거나 행동이 산만한 어린아이들에게 있어 사경은 마음을 가라앉히는 데에도 좋은 역할을 합니다.

그러나 분명한 것은 기도를 행할 수 있음 그 자체도 복이 없는 상태에선 어려운 일이라는 것입니다. 그렇기에 기도할 수 있음 그 자체에도 늘 감사함을 지녀 보리심(菩提心)을 발하는 마음을 여의지 않도록 해야 합니다.

6

복합기도

복합기도는 여러 가지 기도를 같이 병행하는 것을 의미합니다. 간혹 이러한 복합기도를 통해 업장소멸이 된 이후 참기도에 들어가게 되는 경우가 있기도 하기에 복합기도에 대해 간략히 말씀드리고자 합니다.

어떠한 분들은 사경기도가 맞지만, 근본적으로 제가 늘 강조하는 참회기도에 빠르게 접근하기 위해선 절기도가 상당한 도움이 됩니다.

몸을 움직이고 힘들어도 인내하며 그 상태에서 온전히 '잘못했습니다.'라고 기도하는 것이기 때문에 가장 맑고 순수하게 접근할 수 있기 때문입니다. 또한 육체적으로도 힘들기에 기도 외의 망상이 들어오기 쉽지 않을 뿐만 아니라 설령 들어왔다 하더라도 빠르게 기도로 돌아가는 힘이 강합니다.

그러나 무조건 여러 가지 기도를 하는 것이 좋은 것이 아니라 자신의 근기와 기질에 맞는 방편을 택하여 들어가는 것이 좋습니다.

일상 속에서 늘 알아차림의 방편을 들고 가시는 분들이 계신다면, 시간을 정해 이 힘이 지속될 수 있게끔 108배 참회기도를 하기도 합니다. 혹은 매일 참회기도를 하지만 마음의 산란함이 크신 분들은 일정 시간을 정하여 사경을 하기도 합니다.

또한 나름의 상을 가져야만 초반에 기도 힘이 붙을 수 있는 사람은 독경을 이어 나가다 이를 멈추고 온전한 염불삼매(念佛三昧)에 들어가기도 합니다.

무엇보다 아직은 이에 근접하기 어려운 분들의 경우, 밖에서 충분히 복을 짓고 행위 가운데서 마음속으로 늘 염불을 하는 경우도 있습니다. 이를 복합기도라 합니다. 모든 기도에 정답이 없

지만, 한 가지가 아니라 복합적으로 들어가게 됨으로써 도리어
빠르게 업장을 녹일 수 있다면 이러한 방편을 잡게 됩니다.

　　　　　　　　　　　　　　내 마음을 밝히는 연등

5
·

세간
활용법

1

인간은 자연 친화 능력이 뛰어난 존재

생을 살아가는 데 있어 이상적인 부분도 중요하지만 중도(中道)를 지켜 현실적인 잣대에서도 지혜로운 삶을 유지하는 것은 중요합니다. 그리고 지금 이 시대를 살아가고 있는 모든 사람들은 저마다의 이유를 가진 채 바쁨을 지속하고 있습니다.

그러한 분주함 속에서는 분명 합리적 이유와 타당한 근거가 존재하며 그중 일부의 사람들은 분주함을 이어 가는 그 순간 생각 이상의 결과물들을 탄생시키기도 하면서 역사를 갱신하기도 하지요.

내 마음을 밝히는 연등

물론 순간적인 결과로 놀라운 현실을 도출해 내기 어려울 수도 있으나, 정성 가득한 현실이 연속될 때 보다 나은 미래를 예측할 수 있는 것은 그렇지 않은 것보다 훨씬 가능성이 높습니다.

우리는 그렇게 삶을 살아가고 있으며 수많은 시행착오들을 겪으며 더 나은 미래를 창출해 내기 위한 노력을 하게 됩니다. 반면 도전을 하는 만큼 여러 가지 시련들이 생기게 마련이며, 그 시련을 앞질러 가면서 멋진 성공의 거름을 기록해 내기도 하지요.

물론 시련 없는 삶이 주는 낙이 있겠지만 이왕 귀하게 태어난 인생을 멋지게 마무리하고 싶다면 한 번의 시련을 반갑게 맞이해 주는 것도 좋습니다. 앞서 말씀드린 이치와 실상에 근거해서 시련 또한 내가 지은 바에 대한 결과이기 때문입니다.

삶이 지속되는 한 내가 완전해지지 않는다면 시련은 앞으로도 지속적으로 찾아올 수 있으며, 이따금씩 찾아오는 불편한 손님이기에 반갑게 맞이하여 친해지는 편이 오히려 나을지도 모릅니다.

인간은 모든 역경과 고난 그리고 시련에 대해 모두 인내할 수 있는 귀한 결정체이며 자연 친화 능력조차 뛰어나 결국 습관화됩니다. 그렇기에 스스로 노력만 한다면 모든 상황이 온전히 나 자신을 중심으로 돌아가는 때가 돌아옵니다.

2

시련은 습관의 연속

간혹 시련은 사람들을 힘들게 하지만 친해지는 버릇을 들이다 보면 어느덧 곤경이라는 것을 넘어서게 됩니다. 사람은 습관의 연속에 한없이 노출되어 있습니다.

우리가 흔히 접할 수 있는 속담 중에 세 살 버릇이 여든까지 간다는 말이 있지요. 그만큼 이미 지어진 습관은 고치기 어렵다는 것을 의미하고 있습니다. 동시에, 이러한 습관을 생성시켜 내는 것 또한 자신의 의지대로 경정되기에 어떻게 자신을 단련시키느냐에 따라 생사(生死) 적응에도 수월할 수 있다는 뜻도 내포하고 있습니다.

이렇듯 자기 자신을 단련시키고 환경의 영향을 받지 않은 채 스스로를 통제시키기도 하며 삶과 죽음을 초월한 멋진 인생을 꿈꿔 보는 것은 과연 대단한 일입니다.

그리고 나 자신을 초월한다는 것은 굉장히 큰 의미를 내포하고 있는데 이를 통해 자기 자신뿐 아니라 인연 있는 많은 중생들을 함께 구제할 수 있는 복전이 되기도 하기 때문입니다.

내 마음을 밝히는 연등

3

내 인생의 주인공으로 사는 법

사람은 누구나 저마다의 사연을 지니고 있습니다. 어떤 이는 어릴 때부터 부모님과 작별하여 홀로 독립된 존재로서 세상의 온 갖 쓴맛을 경험해 가며 현재의 삶을 일구어 냈을 수도 있습니다.

혹 누군가는 이로 인해 파생된 또 다른 인연과 닿아진 상태 에서 전혀 예측하지 못한 영화 같은 스토리를 만들어 내기도 합 니다.

또한 어린 시절부터 고이 꿈꿔 왔던 대로 단계를 잘 밟아 나 아간 사람은 운이 좋게도 어릴 때의 꿈과 현재 하는 일이 일치할 수도 있습니다. 그런가 하면, 적성에 맞지 않지만 생계를 위해서 혹은 어떤 연유를 통해 합리화된 이유로 현재의 일에 만족하면서 사는 사람들도 있습니다.

그러나 그 어떤 일이든 자신이 하는 일을 가치 있게 생각하며 나 자신으로서만 살아갈 수 있다면 직업이 어떻든 삶을 살아가고 숨을 쉬고 살아간다는 자체만으로도 훌륭한 인생을 설계한 멋진 주인공입니다.

4
—

살아남았다는 의미

누구나 각자 저마다의 특별한 인생을 살고 있음은 지당한 말입니다. 인생이 너무 정형화되어 있다면 오히려 살기에 너무 갑갑할 것이고, 나름의 변화가 있는 세상 속에서 감정과 이성이 충돌하며 시시각각 변해 가는 일상 가운데 나 자신을 지탱하는 것 그 자체는 특별한 일입니다.

사실 우리는 살고 있음에도 불구하고 살아남았다는 표현이 정확하지요. 늘 삶의 주변은 위험성이 있는 현상들과 연결되어 있고 한 걸음 내딛고 숨을 쉬고 있다는 것만으로도 많은 에너지들을 필요로 함과 동시에 그 누군가에게는 가장 쉬운 이것이 가장 어려울 수도 있기 때문입니다.

　가깝게는 도로 위의 자동차들을 예로 들 수 있습니다. 전 세계적으로 1분에도 몇 명씩 교통사고로 사망하고 있는 가운데 자신이 범법행위를 저지르지 않았음에도 불구하고 목숨을 잃는 경우들도 있습니다. 즉, 내가 잘못하지 않았다 할지라도 어떠한 인연에 있어 내가 위법행위 차량의 옆에 있었단 이유만으로 목숨이 사라지는 순간이 24시간 내내 도사리고 있다는 것입니다.

　오늘 지금 이 순간 내가 숨을 쉬고 있다면 오늘 중 지금을 살아오기까지 뚜렷한 정신을 들고 있었다는 뜻이며, 냉철한 이성으로 현실을 열심히 살고 있다는 증거가 됩니다.

5

완성적 삶의 잣대

과연 완성적 삶의 잣대는 무엇일까 의문이 들 수 있습니다. 끝없는 질문을 하고 생각에 생각의 꼬리를 물어 답이 없는 질문을 계속 이어 가는 것은 우리네의 오랜 습성입니다.

사실 세상에 살아남는 것만으로는 훨씬 멋진 인생을 설계하고 실천하기에 부족합니다. 지금껏 무사히 살아남은 것은 다행스러운 일이지만 남은 인생 또한 무탈하게 넘어가야 하기 때문입니다.

물론 앞으로 얼마나 더 살아갈 수 있는지 한 치 앞을 모르는 상황 속에서 가치 있는 일을 실현하기란 현재로서는 많은 것을 희생해야 할지도 모릅니다.

그러나 앞으로 자신의 수명이 언제 다할지에 대해 예측할 수 있는 사람이 과연 몇이나 될까요. 심지어 마음먹은 대로 기운이 변하게 된다면 명줄 또한 달라지게 됩니다. 이처럼 사람은 기운에 의해 늘 변해 가고 그 기운은 마음에 따라 항상함 없이 움직이고 있습니다.

영적인 수련과 마음공부를 일상 속에서 늘 유지하는 분들 또한 마찬가지로 자신이 가는 날을 정확히 맞추기란 어렵습니다. 그러나 자신이 가는 날을 알아내기 위해 애쓰기보다 언제 가더라도 완전하고 멋있는 사람이었노라 이야기할 수 있게끔 지금 이 순간을 현명하게 잘 살아 내면 그것만으로도 족합니다.

살다 보면 지금은 다소 손해 보는 것 같지만 분명 이 순간에 할 수 있는 최선이자 최고의 선택일지도 모르는 일들이 분명히 있습니다. 그리고 자신이 내리는 선택은 늘 습관의 연속에서 파생된 것이고, 이러한 업(業)으로 인해 더 나은 이후의 세계도 연출시킬 수 있습니다.

6

함께여야 버틸 수 있는 냉철한 세상

인생은 결코 혼자 살아가는 것이 아닙니다. 주변을 둘러다보면 다른 사람으로 인해 내 자리가 있고 내 위치가 있으며 내가 버티고 나 스스로를 지탱할 수 있다는 사실을 알게 됩니다.

가까이로는 내 육신을 지탱해 주는 영양분들이 있기 때문에 생명을 유지할 수 있는데, 이 영양분에도 다양한 것들이 있지요. 그중에서도 햇볕과 물과 먹을 양식은 반드시 필요합니다.

우리나라 사람들은 곡류를 주식으로 하고 있기에 쌀을 예로 들기 쉬운데, 쌀 한 톨이 식탁에 오르기까지 굉장히 많은 사람들이 공을 들여야 합니다. 짐작은 감히 어렵지만 대략 88명이라고 합니다. 벼농사 과정에도 수많은 인력과 정성을 필요로 하며 이를 도정하고 소매 · 도매 과정을 거쳐 식탁으로 오르기까지 대단한 과정의 연속이라는 생각밖에 들지 않습니다.

이렇듯 우리는 스스로 잘났다고 하지만 결코 다른 존재 없이 잘난 것 하나 없기에 늘 하심(下心)하면서 살아갈 필요가 있습니다.

내 마음을 밝히는 연등

7

향을 싼 종이에 남는 향기

우리의 삶은 이렇듯 늘 다른 만물들과 함께하고 관계될수록 완전하고 안정적인 길로 가게 됩니다. 물론 내 삶의 주체는 자기 자신이어야 하며 인생의 설계도 스스로 하는 것이기 때문에 그에 따른 책임과 결과도 온전히 스스로의 몫이 됩니다.

그러한 측면에서 무조건적인 손해는 자신을 혹사시키는 길이 므로 실용적인 답안을 찾아내야 합니다. 이에 가장 기본적인 자세는 다른 사람과의 멋진 인간관계를 위해 적극적인 경청과 인내를 동반하는 것입니다.

성인이 되었다면 서로 간의 인생에 동반자로서 충분한 역할이 되지 않을 존재에 대해서는 미리 거절하는 법이 필요합니다. 또한 맺어 있는 관계를 중단할 때는 타인의 이성과 감성을 고려해 정중하게 하는 것이 옳습니다.

물론 타인이 가지고 있는 영향력을 스스로 기준 짓는 것이 다소 무례한 행동이 될 수 있지만, 아직 결정적인 관계가 약속된 상태가 아니거나 이미 그르치는 현상들이 도출되었을 때는 시절인연에 따른 거절도 필요한 법입니다.

향을 싼 종이에는 향이 남지만 생선을 싼 종이에는 비린내가 납니다. 아름다운 향기는 과하지만 않다면 많은 사람들에게 좋은 영감을 줄 수 있게 되고, 스스로의 정신건강에도 유익하기에 굳이 멀리할 필요가 없습니다.

되도록 내 인생에 도움이 되는 인연을 가까이하되 지나친 번뇌의 연속이 되풀이된다면 사람의 관계를 조금씩 정리하는 것 또한 삶을 안정적으로 지탱해 나아가는 데 도움이 될 것입니다.

8

지름길이 되는 바른 이정표

사람들은 대부분 지름길을 좋아합니다. 어차피 목적이 같고 방편 수단의 다름이 없다면 지름길로 가도 편법이 아니기 때문이지요. 인생을 살아가는 데에도 이러한 지름길이 필요한 경우가 있습니다.

내 인생길을 가다가도 이러한 지름길이 필요한 때가 있습니다. 이때 가장 좋은 지름길은 인생의 스승이나 멘토 혹은 동종 업계에서 수많은 성과를 이뤄 낸 분들의 자취를 따라가는 것입니다.

"눈길에 비틀대며 길을 걷지 말라."

이러한 옛말이 있습니다. 혹 뒤따라오는 누군가 내가 찍어 놓은 비틀댄 이정표에 혼란함이 더해질 수 있기 때문에 뒤따라오는 후학을 위해서라도 정신을 차리고 똑바로 길을 가라는 교훈이 담겨 있는 것입니다.

저 또한 마찬가지로 적어도 저보다 앞서 길을 닦아 나아가신 많은 선지식들의 인생을 한 번쯤 펼쳐 봅니다. 열 번 겪을 시행착오를 한 번으로 줄일 수 있다면 인생에 있어서 큰 이득이기 때문입니다.

그렇기에 혹여 지름길을 알고 싶다면 앞서 길을 닦아 나아가신 많은 분들의 발자취와 행적들을 낱낱이 살펴보는 것이 좋습니다.

가장 가깝게 접할 수 있는 매체로는 책이 있습니다. 요즘은 어렵지 않게 책을 구할 수 있고 내가 원하는 키워드만 검색하면 각종 콘텐츠들을 동시에 얻을 수 있으니 정말 수월한 세상에 살고 있는 셈입니다. 이 속에서 내가 공부할 수 있는 것들을 공부하며 자신과 타인 모두가 이로운 방향을 택하여 나아가면 됩니다.

내 마음을 밝히는 연등

9

책 3권의 비밀

맹목적인 믿음은 상당히 위험합니다. 근거 없는 믿음은 자신 뿐 아니라 주변 가족들이나 가까운 사람마저 건드릴 수 있기 때 문에 조심할 필요가 있는 것이지요.

책을 사더라도 같은 주제의 책 3권을 사서 모두 꼼꼼하게 살 펴보아야 하는 것도 이런 이유 때문입니다. 저 또한 한창 어렸을 때는 원하는 것만을 얻어 내기 위해 단순히 책 한 권만으로 만족 했으나 저보다 앞서 길을 나아간 스님 한 분께서 공부를 하고 싶 다면 책은 3권을 보라고 하시더군요.

물론 책 한 권을 통해 얻을 수 있는 인생의 교훈이 상당하고 그 속에서 내가 지나쳤던 부분에 대해 발견할 수 있으나, 3권을 읽었을 때는 여러 가지 교훈 속에서 삿된 것과 바른 것에 대한 분별의 힘이 생기고 살아가는 부분에 대한 응용이 가능하기 때문에 더욱 합리적이라고 할 수 있습니다.

즉, 인생은 더 나은 이에 대한 모방을 통해 완성되어 가기 때문에 세 권을 읽을 때의 가치는 더욱 큰 빛을 발휘하게 되는 것입니다. 그 모든 것들을 추려서 자신의 인연에 가장 맞는 방식을 실천하게 됨으로써 발생 가능한 각종 리스크들을 줄이고 원하는 방향으로 순탄하게 나아갈 수 있게 됩니다.

10

가치 있는 시간을 위한 투자

사람이 누릴 수 있는 시간은 대단히 한정적입니다. 이 한정된 시간 속에서 내가 원하는 것을 얻기 위해 시간은 최대한 가치 있게 활용할 수 있어야 하며, 이때는 냉철한 이성이 작용하게 됩니다.

과연 하루를 어떻게 보내야 후회 없는 시간이었다고 이야기할 수 있을까요? 우리에게 주어진 시간을 정확히 알 수는 없으나 하루가 24시간이라는 사실은 누구나 알고 있습니다.

그리고 그 24시간은 우리가 세상을 바꾸고 자신을 변화시킬 수 있는 가장 넉넉한 시간입니다. 그 이유는 시간의 소중함을 아는 사람이라면 하루 중 단 1초도 허무하게 낭비하지 않기 때문입니다. 시간을 소중하게 쓰고자 하는 사람은 그 시간에 쫓기지 않습니다.

즉, 맹목적으로 시간을 아껴야 한다는 자아 최면을 사용하지 않는단 소리입니다. 1초간의 망상도 자신의 휴식으로 전환시킬 줄 알며 잠자는 시간은 더 나은 내일을 위한 투자라고도 생각합니다.

그렇기 때문에 하루 9시간을 넉넉하게 자더라도 그 시간은 결코 아까운 시간이 아니며, 다른 사람과 수다를 하는 시간조차 불필요하게 긴장되는 내 몸의 근육을 이완시켜 주는 고마운 시간이라 생각하기에 모든 흘러가는 시간들이 가치로운 것입니다.

누구나 이와 같이 가치 있게 시간을 활용할 수 있습니다. 결국 마인드를 바꾸면 되는데, 처음에는 어렵게 느껴질 수도 있겠지만 모든 것은 찰나이며 한순간입니다. 지금 이 순간 나 자신을 귀하게 여기게 된다면 시간에 대한 관념 자체가 완전히 변화될 것입니다.

내 마음을 밝히는 연등

물론 여유롭지 않은 상태에서 여유로운 척을 하라는 것이 아닙니다. 지금 이 순간부터라도 자신을 믿고 귀하게 여기어 세상을 깊게 바라보는 연습을 시작한다면, 어느덧 누군가의 멘토로서 또 선지식으로서 거듭나 있는 자신을 발견할 수 있을 것입니다.

11

자신을 위해 타인의 성공을 기도하라

간혹 많은 분들이 범하게 되는 이기적인 착각 중 하나가 누군가를 짓밟아야만 내가 올라설 수 있다는 것입니다. 자본주의 시대를 살아가는 중생들은 늘 경쟁에서 이겨 1등을 할 생각을 합니다. 하지만 2등까지는 실력으로 올라올 수 있을지언정 1등이 되기 위해서는 그만큼의 운도 따라 주어야 합니다.

반면 세상은 점차적으로 변해 가고 있지요. 자본주의는 맞지만 사람들에게서 점점 이성과 감성의 묘한 결합들이 이루어지고 있기 때문입니다. 누누이 말씀드리지만, 어제 없는 오늘이 없고 오늘 없는 내일은 존재하지 않습니다.

인과응보(因果應報)는 아마 삶을 살아가고 계시는 많은 분들이 한 번쯤 경험해 보았을 것입니다. 짧은 말로는 인과(因果)라고 하는데, 인과응보는 선(善)과 악(惡)을 떠나 원인과 결과를 명확하게 표출시켜 내고 있습니다.

앞서 우리네 세상은 타인의 도움 없이 살아갈 수 없음을 이야기했는데, 그만큼 모든 것들이 복합적으로 얽히고설켜 있는 세상에서 잘 살아남으려면 남도 잘 살아남아야 합니다.

예를 들어 내가 운영을 하고 있는 매장이 있고 매장에 사람들이 북적이기 위해선 사람들의 소비 심리가 풍족해야 하는데, 소비자들의 대부분이 소득이 없고 불안정하다면 매장으로 오는 발길도 머지않아 끊기게 될 것입니다.

즉, 타인의 심신이 평안해야만 나와 내가 있는 공간이 함께 편안해지는 것입니다. 결국 타인들이 잘되면 스스로도 잘될 수밖에 없습니다.

12

실수할 줄 아는 사람이 아름답다

이 세상에 존재하는 모든 사람들을 들여다보면 그중 똑같은 얼굴과 생김새를 지닌 사람은 아무도 없습니다. 성격이나 취향도 저마다 다르고 식성이나 습관에서도 차이가 납니다.

분명 태어난 환경과 자라 온 곳이 다르나 저마다의 환경 속에서 가장 탁월한 적응력들을 보이고 스스로를 단련시켜 내고 있으며, 이로써 가장 맞는 사람들을 친구로 만나기도 하고 부부로 만나기도 하며 인생을 살아 나갑니다.

반면 함께 살아가다 보면 서로에게 맞지 않는 부분들이 눈에 들어오게 됩니다. 하지만 이때 가장 중요한 것은 모난 면을 보여 주고 싶지 않다는 이유만으로 사람을 기피하지 말라는 것입니다.

오히려 모난 부분들과 있는 그대로의 자신을 진솔되게 보여 준다면 실수는 변화의 연속이 되며 추억마저 감사하게 자리할 수 있습니다.

이와 달리 이상과 아만을 지닌 채 자신의 실수를 스스로도 용납하지 못하고 타인에게도 보여 줄 용기가 없다면, 일은 점점 꼬여 가기만 할 뿐입니다.

사람이 살아가는 데 있어 부딪히지 않고 살아가는 사람은 없습니다. 이처럼 이리저리 치이면서 살아가는 인생에 실수가 생길 수밖에 없는데, 그러한 자신을 부정하고 남에게 숨기기에만 급급하다면 더 큰 실수를 되풀이할 가능성이 높아집니다.

거짓말은 또 다른 거짓말을 낳듯이 타인의 실수를 충분히 수용하고 진솔한 자세를 취한다면, 그야말로 용기 있고 현명한 사람의 무리에 합류할 수 있게 됩니다.

13

책을 읽는 것은 살아남기 위한 수단

이 시대를 살아가고 있는 수많은 사람들이 다양한 조언들과 배움을 얻기 위해서 여러 가지 방편들을 이용하곤 하지만, 그중 일상에서 가장 쉽게 접할 수 있는 현실적인 수단이 바로 책입니다.

먼저 앞서간 사람들이 정성을 들여 기록해 둔 책을 보면서 우리가 미처 알지 못했었던 부분에 대해 고찰이 생길 수도 있으며, 보다 나은 향상성을 위해 노력할 수 있는 기회를 얻을 수 있기 때문입니다.

이로써 실패할 수 있는 다양한 리스크들을 최소한도로 낮추게

되고 경제적으로나 정신적으로 큰 자산이라 할 수 있는 여유를
얻게 됩니다.

14

표고버섯만의 세상 어우러짐

저는 보통 자연 본연의 맛을 그대로 음미하는 것을 좋아하는 편입니다. 그래서인지 요리를 할 때 되도록 오신채를 사용하지 않는 것이 습관화되었습니다.

하지만 파와 마늘의 경우, 열을 내는 성질이 강해 몸이 냉한 사람에게는 더없이 좋은 약도 됩니다. 저 또한 파와 마늘을 어느 순간부터 약으로 삼아 먹기 시작했고, 요리의 가장 부가적인 재료로 사용한 지는 얼마 되지 않았습니다.

제가 있었던 곳에서는 대부분 부가적 재료가 아닌 주재료만으로 맛을 내어 왔습니다. 특히 절에서는 오신채를 사용하지 않기 때문에 처음에는 사용법도 어려웠습니다.

예를 들어 아주 간단한 시금치 무침의 경우, 일부에서는 대파와 마늘을 다져 소량씩 넣곤 하는데 맛은 있을지언정 주인공인 시금치가 맛에서 소외되어 버리지요. 그렇기에 음식이든 사람이든 어우러짐이 가장 중요한 듯합니다.

이 말씀을 드리는 이유는 단순한 요리 재료라 할지라도 그로부터 배울 수 있는 공부가 있기 때문입니다. 물론 선천적으로 잘나게 타고난 사람들이 간혹 있습니다. 혹은 자체적인 맛이 너무나 강해 다른 것과 융화되는 것이 오히려 민폐가 되는 나물도 있습니다.

그러나 대체적으로 같은 동업(同業)을 지닌 사람끼리 동시대에 태어났다는 것만으로도 서로 상부상조하며 의지하여 살아가는 것 또한 나쁘지 않습니다. 오히려 그 어우러짐 속에서 낱낱의 진가가 드러나는 경우를 심심치 않게 볼 수 있기 때문입니다.

특히 표고버섯이 그러합니다. 표고버섯은 혼자 있을 때 굉장히 강한 성질을 띱니다. 단지 칼로리가 낮다 하여 다이어트 식품으로만 섭취하는 사람들이 있는데, 그러기에는 너무 아쉬운 아이입니다.

평소 면역력이 약해 제대로 된 음식 섭취를 하지 못했었던 저는 20대 초반 영양이 부실하다는 의사의 소견에 따라 걸핏하면 영양제를 투여하기 일쑤였습니다. 조금 더 시간이 흘러 한약으로 다스려 보기도 했지만 한약은 보조 역할을 할 뿐, 결국 몸 전체를 개선시키기에는 부족함이 있었습니다.

반면 자신의 몸에 맞는 음식을 적당히 섭취하는 것만으로도 충분한 개선 효과가 나타난다는 것은 이미 제가 경험했던 바입니다. 표고버섯은 이미 세균이나 바이러스에도 충분히 저항할 수 있는 성분이 들어 있기 때문에 면역에 도움이 된다는 것은 누구나 알고 계시는 사실이지요.

비타민D도 부족했었던 제게는 더없이 좋은 아이였는데, 이러한 성분이 조금씩 들어 있었기 때문에 뼈의 건강에도 탁월함이 있음을 알 수 있었습니다. 이미 영양부실 판정을 받았었는데 저는 콜레스테롤 수치마저 너무 낮아 식습관 개선이 되지 않는다면 머지않아 뼈에도 지장이 갈 것이란 진단까지 받았던 터였습니다.

그랬기에 음식에 더욱 관심을 가지고 건강에 도움이 된다는 것은 섭취하고자 노력했으며, 무엇이든 과유불급이라는 말이 있듯이 넘치면 해로움이 뒤따르기 마련이기에 저는 한 번에 모든 것을 섭취하려 하지는 않았습니다. 그것이 건강이든 명예든 되도록 중도를 지켜 적정선을 유지하는 것이 좋은 듯합니다.

이러한 표고버섯은 혼자만이 가지고 있는 성질이 강할 뿐만 아니라 생긴 것도 결코 부드럽지 않습니다. 봄에 종자균을 심어 버섯이 자라 하나씩 딸 때는 그렇게 기분이 좋고 아이들도 하나같이 사랑스러운데, 말린다고 늘어놓으면 점점 험상궂어져 갑니다.

연한 밤색의 버섯은 점점 시꺼멓고 딱딱하게 굳어져 가고, 건조된 표고는 그 맛과 향이 더욱 강하게 느껴지기 시작하지요. 반면 이러한 강한 매력을 지니고 있기에 일부러 요리에 활용하는 경우도 있었습니다.

표고의 역함 때문에 섭취하기는 힘들지만, 건강상의 이유로 먹고자 한다면 표고버섯전으로 해 먹고는 합니다. 그러나 이때는 부가적인 파나 양파와 같은 재료를 섞지 않아야 본연의 맛을 고스란히 느낄 수 있습니다.

특히 표고버섯은 다른 것과 어우러지는 것도 좋지만 돋보이기 위해 혼자만의 요리를 해도 그 진가가 충분히 살아납니다. 이게 표고버섯만이 지닐 수 있는 어우러짐이지요.

또 생표고를 구하기 힘든 계절에는 건표고버섯만으로도 충분히 맛을 낼 수 있는데, 요리하는 방법 또한 몹시 간단합니다. 계란이나 두부와도 같은 부재료가 전혀 필요 없을 정도로 맛있습니다.

먼저 건표고는 자박하게 물에 담가 불려 놓고 다 불린 표고버섯의 물기는 적당히 짜내어 도마에 둡니다. 이때 표고버섯을 우린 물과 짜낸 물은 버리지 않으며, 부치기 전의 표고버섯은 슬라이스 채를 썰고 소금 간은 아주 연하게 한 상태에서 밀가루를 그대로 버섯과 무칩니다.

이렇게 표고버섯을 구우면 굳이 계란이나 양파와도 같은 다른 재료들이 들어가지 않아도 깔끔하면서 깊은 맛을 느낄 수 있습니다. 또한 부침가루를 이용하지 않아야 표고 자체의 고급스러운 향을 음미할 수 있습니다.

사실 오신채에 해당되는 부추나 달래, 파와 마늘, 양파 모두

내 마음을 밝히는 연등

그 향과 맛이 강해 중독성이 있습니다. 그러나 이렇게 군더더기 없는 깔끔한 맛을 느끼게 되면 자연의 맛을 더 그리워하여 찾게 됩니다.

특히 나물을 잘 섭취하지 않는 아이들에게는 더없이 좋은 식습관이 될 수도 있습니다. 어우러짐의 개념은 존재와 존재가 서로 잘 엮어 융화되어야만 가능하다고 일반적으로 통하지만, 때론 혼자만 있을 때 진가가 발휘되는 순간이 있습니다. 그것 또한 선의(善意)의 어우러짐입니다.

이처럼 요리를 하면서도 우리는 삶을 배워 나아갈 수 있고 이로 인한 깨달음으로 더 나은 일상을 지속하여 나아갈 수 있습니다.

15
—

내적 울림을 통한 비움의 108배

사람들은 살을 빼기 위해 다양한 노력을 기울이곤 합니다. 함께 식사를 하면서도 지방이 많은 음식은 제외시키고 음식을 섭취하는 분들이 있기도 하며, 일부러 물을 마시며 하루에 꼭 마셔야하는 양을 채워야 한다고 이야기하니 그 사람이 다이어트를 하는 사람이란 것을 간접적으로 알게 되는 것이지요.

이렇듯 외부적으로는 식단 관리가 이루어질 것이고 헬스나 운동을 통하여 체지방을 감소시키기 위한 노력을 하고 있는 사람들이 주변에 많이 보입니다.

내 마음을 밝히는 연등

하지만 내부적으로는 어떤 관리가 이뤄지고 있는지 궁금증이 생겨나는 날도 있습니다. 물론 다이어트는 심미적으로 보이는 살을 빼는 데 그 목적을 두게 되지만, 현대사회를 살아가는 우리는 내부적인 다이어트 또한 시도해 볼 필요가 있습니다.

그러다 주변을 둘러보면 수많은 사람들이 이미 생각에 지쳐 스트레스받는 모습을 많이 접할 수 있는데, 사실 시간이 지나 생각해 보면 별것 아닌 일들도 그 순간에는 막막하게만 느껴질 것입니다.

결국 생각은 생각의 꼬리를 물고 이성에 따른 결론조차 제때 내리지 못하면서 건강만 위협받고 있는 현실이란 것을 저 또한 공감하는 바입니다.

이와 같이 우리 몸을 병들게 만드는 것은 외부적으로 오는 요인들이 아니라 자기 자신의 어리석음에서 비롯된 것도 있음을 알 수 있습니다. 그리고 지금 이와 같은 사실을 깨달았다면, 생각 또한 다이어트를 한다는 마음으로 머리를 청정하게 비우고 맑혀 봄으로써 끝없이 반복되는 악순환의 오류를 면할 수 있습니다.

어떤 분들은 고민도 팔자라고 하지만, 이 고민은 실상 습관의 연속입니다. 끊어 낼 수 있는 생각임에도 불구하고 끊는 습관이 내면에 배어 있지 않기 때문에 생각 꼬리 물기에 끌려다니게 되는 것이기 때문입니다.

기본적으로 스트레스가 과해지면 육체는 당분을 요구하며 악순환이 시작됩니다. 그러한 이유에서라도 살도 빼고 생각도 함께 뺄 수 있는 108배 절 운동은 삶에 많은 이점들을 가져다준다고 할 수 있습니다. 저 또한 오랜 시간 108배를 해 왔으며 이는 결코 저를 배신한 적이 없습니다.

흔히 절운동은 전신운동이라고도 하는데, 몸을 완전히 굽혔다가 일어나는 과정을 거치기 때문에 해당 과정에서 복부의 강화뿐 아니라 허벅지 근육의 강화 또한 기대할 수 있습니다.

이 밖에도 몸 자체를 굽힘으로써 골반의 근육이 키워지는 것은 물론, 반복적인 절운동을 통해서 장기를 자극하기 때문에 위장 운동은 자연스레 활발해지고 배변 활동마저 원활해지기 시작하면서 체중이 균형을 맞춰 나갈 수 있는 계기가 됩니다.

특히 지속적으로 이어 나가다 보면 머리를 숙이고 가슴을 땅에 붙이는 동작이 지속되는데, 이때는 온도가 일시적으로 내려가

내 마음을 밝히는 연등

는 듯한 현상도 알아챌 수 있습니다. 즉, 내부적으로 지니고 있는 찬 기운과 따뜻한 기운 모두 원활해짐을 의미하기도 하지요.

물론 처음 시도할 때는 50배조차 어려운 것이 사실입니다. 누군가는 100번 엎드렸다 일어나는 것이 무슨 운동이 될까 생각할 수도 있지만, 그건 착각입니다. 처음 시도하는 사람이 제대로 절을 한다면 첫 10배부터 등 뒤에서 땀이 흐를 것입니다.

그만큼 힘을 많이 필요로 하는 운동이기 때문에 처음에는 아픈 것이 정상입니다. 저 또한 108배와 3천배 절을 해 왔던 시절이 있으며 이때는 생각, 즉 번뇌를 비우기 위한 목적으로서 하나의 방편을 같이 삼았는데 그 방편이 바로 '잘못했습니다.'라는 참회였습니다.

생각을 빼는 것도 습관이고 이로 인해 고통이 경감되는 것은 분명한 인과(因果)입니다. 그러나 우리는 생각에 생각을 더하는 것이 습관화되어 있기 때문에 빼는 것을 어떻게 해야 할지 모르는 것이 현실입니다.

이 얼마나 모순적인 현상인가요. 내가 생각을 지어 놓고 지어 둔 생각을 버릴 줄 모른다니 말이지요. 이미 그 생각이 쓸모없어

졌다면 과감하게 버릴 줄 알아야 하지만, 만일 버리는 것이 어렵고 어떻게 버려야 할지 모르겠다면 '잘못했습니다.'라는 내적 울림을 통해 비움을 연습해 볼 수 있습니다.

우리는 세상을 살아가면서 알게 모르게 잘못하고 저지르는 일들이 굉장히 많습니다. 누군가에게 의도적으로 상처를 주기도 하지만 고의성 없이 상처를 주기도 하며, 내가 한 행동으로 인해 어느 누군가는 사각지대에서 피해를 보는 경우도 있습니다.

그러나 우리는 그러한 일들에 대해 일일이 알아낼 수 없으므로 참회를 함으로써 내적 울림을 지속시킬 수 있습니다. 이로써 잡다한 생각은 버리고 전신운동을 통해 근력은 키우면서 살도 비워져 나갑니다.

6
.

궁극의
마음가짐

1

진정 향상된 삶을 살아가고자 한다면

세상을 살아가며 희로애락(喜怒哀樂)에 의해 울고 웃기도 하지만 모든 현상의 일어남 또한 인연(因緣)에 의해 일어나지 않는 것이 없습니다. 지금 이 순간에도 안으로는 끊임없이 성질이 변해 가고 물질은 노후화되고 있기 때문에 잠시 잠깐이라도 같은 성질로서 머무는 것이 없다는 뜻입니다.

이처럼 눈에 보이는 현상계도 변해 가며 사람의 마음 또한 늘 변하는 존재입니다. 이미 인과 연의 법칙을 알아 변해 가는 것에 집착을 두지 않는다면 괴로움을 여의므로 행복이라는 언덕에 도달할 수 있습니다.

하지만 내가 이미 지어 놓은 바에 따라 세간(世間)에 대한 끊임없는 갈망과 욕구들이 고착화된 상태에서는 마음 또한 습관으로 이어져 있기 마련입니다. 그렇기에 대상에 대한 추억이 생기기도 하고 슬픔이 일어나기도 합니다.

이미 지금은 그 성질이 변하게 되었지만 과거에 있었던 현상에 대해 그리워한다거나 슬퍼하기도 하며, 이미 드러나지 않은 미래에 대해서는 한없이 걱정하기도 하여 이로 인해 더 큰 두려움들을 만들어 내기도 합니다.

그러나 이 또한 항상하지 않는 것에 대해 '내 것' 혹은 '나'라는 집착심을 일으켰기 때문이며 이 또한 무명(無明)에서 일어난 것이기 때문입니다. 진정 향상된 삶을 살아가고자 하는 사람이라면 이미 습관화된 무명을 밝음으로 변화시키기 위해 여러 방편을 행해야 할 것입니다.

이와 같이 행함으로 이제껏 쌓아 두었던 업장들과 번뇌(煩惱), 망상들이 멈추게 되었을 때 저절로 깨달음이 다가오니, 이때가 되면 살아가는 삶에 대한 실상을 꿰뚫어 볼 수 있으므로 옅은 괴로움에서는 자유로워지게 됩니다.

2

행복을 부르는 마음청소법

방편, 즉 참회기도 혹은 각종 기도를 행하게 될 때에는 변해가는 모든 것들이 '나'라고 집착할 만한 것이 없고 덧없다는 사실을 알아야 하고, 마치 살얼음판을 걷는 것과도 같이 하여 주야로 마음 단속을 해야 합니다.

그렇기에 늘 번뇌 · 망상의 근본 환경이 되는 현상계에서 한마음을 바로잡는 것이 쉬운 일은 아니지만 노력을 해야 하는 것입니다.

단순히 한 현상과 물질을 대할지라도 인연법(因緣法)에 의해

내 마음을 밝히는 연등

생멸한다는 이치를 여의지 않아야 하고, 괴로움이 생겼다면 탐진치의 번뇌, 즉 미혹함으로 인해 일어난 일시적인 현상임을 깨달아 괴로움의 현상에도 이끌려 다니지 않아야 합니다. 결국 이러한 부분들은 습관으로 인해 파생된 것이므로 인내를 요하게 됩니다.

기본적으로 우리가 보고 듣고 맛봄으로써 짓는 죄업이 크므로 육근(六根), 즉 안ㆍ이ㆍ비ㆍ설ㆍ신ㆍ의 여섯 가지 기관에서 발생되는 탐ㆍ진ㆍ치 삼독심을 경계해야 합니다. 그리고 이러한 것들이 습관화되어 마음이 무명에서 벗어나 밝아지게 되면 저절로 행복이라는 것이 다가오게 됩니다.

실제 마음이 어두운 상태에서는 내 행위에 대한 객관적 판단이 되지 않고 이로 인해 실수들을 하게 되는데, 행위적 실수 에도 더러움이라는 것이 함께하게 됩니다. 그리고 이러한 행위의 더러움으로 인해 괴로움이 생기므로 늘 마음을 잘 경계하고 몸을 단속하는 것은 중요합니다.

물론 기도를 할 때는 이러한 부분이 가장 예민하게 다가올 것입니다. 궁극적으로는 맹목적 기도도 좋지만, 마음가짐을 달리 했을 때 마주하게 되는 현상들은 행복 그 자체가 됩니다.

7
.

가정기도

1

이사기도

이와 같은 현상과 이치들을 알고 난 이후에는 내 몸의 거처를 옮기거나 사업의 거처를 옮기는 등 모든 일에도 간단한 의식이나 절차가 있지 않을까 하여 물어보시는 분들이 많이 계십니다.

실제로 정해진 의식은 없지만 기도를 하면 그 복이 나 자신과 주변의 인연들에 돌아가기 때문에 이에 따른 기도를 해 주시는 것이 좋습니다.

보통 우리가 오랫동안 머물러 있었던 공간을 떠나서 또 다른 장소에 가게 될 때에는 기존에 내가 있었던 공간에 대해 경건한

내 마음을 밝히는 연등

마음으로 감사의 인사를 하는 것이 좋은데, 그 이유는 머물렀던 기간만큼 일체 인연들로부터 받은 도움들이 분명 있기 때문입니다.

그 공간에 상주함으로 인해 알게 모르게 받았던 덕에 대해서 감사의 의미를 전달하는 것이므로 일일이 하나하나 고할 수는 없으나, 자신을 도와준 일에 모든 인연들에게 감사 의미를 전함으로써 또 다른 보호를 받을 수도 있으며 옹호 가피를 받을 수도 있습니다.

물론 이전에 있었던 곳과 새로 가게 되는 곳 두 곳에 대해 의식을 진행할 필요는 없으나, 떠나는 곳에 대한 감사의 의미는 반드시 필요합니다.

그 이유는 이미 묵은 인연들에게 대해서 내가 알게 모르게 지닌 업장들과 빚이 청산될 수 있고, 이와 같은 공덕에 의해 새로운 터전으로 옮기게 된다 할지라도 장애나 각종 탈로부터도 멀리 벗어날 수 있기 때문입니다.

반면 새로이 맞이하게 되는 장소에 대해서는 신중기도를 하는 것이 좋은데, 이때는 과일 3가지와 나물 5가지, 떡과 차를 함께

약식으로 올리고 신중기도를 하면 됩니다.

신중기도의 경우 일반인들이 집전하기 어려울 수 있으므로 반야심경나 화엄경(華嚴經) 약찬게를 읊어 주기만 하여도 그 공덕은 새로운 터전에서 새 삶을 시작할 때 긍정적인 요소로 작용하게 됩니다.

2
쾌유기도

이 밖에도 간략히 말씀드리고 싶은 기도 중 한 가지는 바로 쾌유(快癒)기도입니다. 이미 집안에 질병을 가지고 있는 사람이 계시거나 병석에서 힘든 생활을 이어 나가고 계시는 분들도 있을 것입니다.

쾌유기도는 타인이 아닌 환자 본인이 할 수 있는 선에서 시도를 하는 것도 도움이 되는데, 그 이유는 병으로 인해 가장 마음이 불안정하고 힘든 사람은 다른 사람이 아닌 정작 자기 자신이기 때문입니다.

그러나 앞서 말씀드린 바와 같이, 몸의 질병은 갑작스럽게 찾아오는 듯하나 여러 가지 인과법(因果法)에 의해 이미 예견되어 있었던 바가 크고 이미 취약한 부분이 있었으므로 질병의 조건이 형성되어 현상으로 발생한 것임에 불과합니다.

그러므로 이 또한 인연법에 어긋날 수 없는데, 모든 이치와 진리에 의하면 간절했을 때 녹이지 못하는 업장은 이 세상에 존재하지 않습니다. 그렇기에 마음이 불안정하고 심리적으로 의존하고 싶은 마음이 강하게 들 때, 108염주를 통해 마음을 다스리게 된다면 쾌유에도 도움이 됩니다.

1. 먼저 108염주를 굴리면서 관세음보살님 혹은 자신의 방편에 맞는 부처님을 관합니다. 형상을 관하면서 마음으로는 '알게 모르게 지은 바 있은 업장에 대해 참회합니다. 잘못했습니다.' 이 마음을 지속해 주는 것이 좋습니다.

2. 이처럼 관하는 기도를 마치게 되었을 경우, 입으로는 염불을 끊이지 않게끔 지속해야 합니다.

3. 혹여 미래에 대한 불안감이나 육체에 대한 근심 혹은 죽음에 대한 두려움이 지속적으로 찾아오게 될 때에는 늘 자신의 인

연 있는 부처님께서 광명을 주신다는 것을 생각하고, 정수리를 통해 불보살님이 자신에게 광명을 주시는 모습을 관하면 찰나의 두려움에서 벗어날 수 있습니다.

누구나 정상적인 생활을 이어 가고 있다가 급작스럽게 병석에 앉게 되면 두려운 마음이 드는 것은 당연합니다. 그러한 때일수록 사람은 나약해지기 때문에 이제까지 지어 놓은 업습(業習)으로 생각하고 이어 나가므로 불안감은 더욱 증폭될 수 있습니다.

이때는 혼자의 힘만으로는 기도가 어려우므로 불보살님에게 의지하여 관하는 기도를 이어 나가면서 염불(念佛)을 병행하는 것이 큰 도움이 됩니다.

3

차고사

자동차를 새로 사게 되거나 누군가로부터 받게 될 때에는 여러 사고수들에 대해 대비하기도 하며 안전기원을 위해 여러 기도를 올리기도 합니다.

그러한 때마다 일일이 절에서 스님이나 법사님이 오셔서 염불을 해 드릴 수 없기 때문에 간략한 기도는 재가자님이 직접 집에서 시도해 볼 수 있습니다. 여기에 그 방법을 설명드리고자 합니다.

본래 기도를 할 때에는 여러 가지 의식과 절차들을 거치게 되

내 마음을 밝히는 연등

며 그 절차는 상당히 복잡할 수 있습니다. 심지어 사시예불만 하더라도 천수경(千手經)만 외우고 끝나는 것이 아니라 유치(由致), 청사(請詞)를 비롯한 각종 염불들이 때에 맞춰 이뤄져야 하며, 때에 따라 쇠종을 치고 요령을 흔들고 목탁을 내려야 하기도 하기에 복잡하게 느껴지는 것이 당연합니다.

물론 익숙해지다 보면 내 몸에 배게 되지만, 홀로 이를 집전하려다 보면 막막하게 느껴질 수도 있습니다. 그러나 모든 것은 하나로 돌아가기에 차량을 인수받게 되었을 때는 이를 정화시켜 내기 위해서 간략하게나마 염불을 해 주시는 것이 좋습니다.

가정에서 홀로 기도를 이어 나가게 될 때에는 약식으로 염불을 할 수 있는데, 차의 앞에 모둠 과일과 떡을 놓으면 됩니다. 이때 모둠 과일이란 여러 가지 과일을 한 접시에 어우러져 놓는 것을 의미하며, 약소하게라도 상을 차려야 합니다.

그리고 한적한 곳에 차를 중심에 두고 외부에서 염불을 하면 됩니다.

1. 삼귀의(三歸依) – 귀의불(歸依佛), 귀의법(歸依法), 귀의승(歸依僧)

2. 반야심경(般若心經) 3편 독경을 합니다. 이때는 경건한 마음으로 일체 모든 업장에 대해 참회를 하고 만물이 평안해지길 바라는 자비심이 근본이 되어야 하며, 염불과 동시에 차의 주변을 독경이 끝날 때까지 돌아 주시면 됩니다.

3. 내부에 들어가 운전석에 앉은 뒤 반야심경을 1편 독경한 뒤 '화엄성중' 정근기도(精勤祈禱)를 이어 나갑니다.

일반적으로 우리가 현상계의 물건이나 터를 옮기거나 바꾸게 될 때에는 기본적으로 신중기도를 하게 되는데, 그 이유는 기도하는 자의 심신 평안을 위해 늘 옹호해 주시는 분이시기 때문입니다.

물론 때에 따라 지장기도나 관음기도 등 터에 맞는 기도를 하는 경우도 있으나 심층적으로 들어가지 않은 상태에서 가장 무난하게 기도를 할 때는 신중기도가 적합합니다. 혹 한적한 곳에 나오기 어려운 상태라면 지하 주차장이나 차가 있는 곳 어디라도 무관합니다. 이 밖에도 다양한 기도들이 있으나, 기본적인 것만을 다루었습니다.

내 마음을 밝히는 연등

우리가 선원이나 절에 다니다 보면 늘 기도를 올리고 초를 켜게 되며 가정과 나 자신의 안락을 위해 할 수 있는 여러 행위적 방편들을 이어 나가게 됩니다.

특히 불교(佛敎)에서 가장 큰 행사라고 할 수 있는 부처님 오신날에는 절의 내외부에 연등을 달고 있는데, 이는 기도와 평화를 위해 오가는 모든 이들에게 평안감을 가져다주는 행위이므로 큰 복전(福田)이 될 수 있습니다.

이처럼 외부에 밝히는 연등도 좋지만, 모든 현상의 근본이 되는 내 마음을 밝히는 여러 가지 방안들로써 인연되시는 모든 분들의 마음이 세세생생(世世生生) 밝아져 무명(無明)에서 벗어나 늘 환희심 넘치는 일상으로 적적(寂寂) 안락(安樂)하였으면 좋겠습니다.

모든 것은 변해 가나 진리는 변하지 않으니 이를 배우고 알게
해 주신 부처님의 가르침에 언제나 깊이 감사드리며 세세생생토
록 이 길을 여의지 않고 상구보리 하화중생의 길을 걸어가겠습니
다. 함께하는 모든 일체가 늘 평안하기만을 마음 깊이 발원(發願)
합니다.